弁当屋さんのおもてなし

夢に続くコロッケサンド

喜多みどり

角川文庫
21910

目次

人物紹介

●小鹿千春《こじかちはる》
コールセンターに勤務するOL。
『くま弁』のお弁当が大好き。

●大上祐輔《おおかみゆうすけ》（ユウ）
弁当屋『くま弁』の店長。
ミステリアスな雰囲気の好青年。

●熊野鶴吉《くまのつるきち》
『くま弁』のオーナー。
常連客から慕われている。

●榎木光彦《えのきみつひこ》
ヤナギのようなほっそりとした体型の
浮き世離れした男性。

●海老沢《えびざわ》
「魔法の弁当」を買いに来た
酔っ払い客。

●亀地奏《かめちかなで》
千春の会社の上司。
四十代のシングルマザー。

イラスト／イナコ

・第一話・ 廃墟に消えるコロッケサンド弁当

強い日差しの下にいると、じりじりと焼かれるようだ。

それでも日陰を選んで進むとマシになる。梢《こずえ》の下を吹き抜ける風は汗ばんだ肌を冷やしてくれる。

七月に入り、札幌《さっぽろ》も夏らしい気候になってきた。

そうすると夏のイベントも増えてくる。学校の長期休みが始まればなおさらだ。

ケータリングにも力を入れ始めていたくま弁は、需要が増えて随分忙しそうだった。

日中上がった気温も、日が沈むと下がって、昼間と同じ服装だと涼しく感じることもある。

だが、時には夕方以降も気温が下がらず、生暖かいような空気が肌にべたべたとまとわりつく夜を迎える。

その夜もそうだった。

「桂《かつら》君お休みですか？」

湿度と気温の不快さに耐えつつ千春《ちはる》が店に行くと、まだ早い時間なのに店には店長のユウしかいなかった。

「ええ、ちょっと体調崩してしまったみたいで。今は奥で休んでもらっています」

千春に問われて、ユウが申し訳なさそうな顔で答えた。

出した。

「それは心配ですね……」

だが、千春がそう言ったか言わないかのうちに、奥の休憩室から桂がひょっこり顔を
「すみません、もう大丈夫です」

桂はそう言うなり、エプロンを締め直して厨房《ちゅうぼう》に立とうとする。

「えっ、今日はもう帰っていいよ」

「いや、大丈夫です。別に風邪とかじゃないですし」

「そうなの？　じゃあ夏バテとか？」

千春がそう尋ねると、桂は軽く肩をすくめた。

「ほら、昨夜《ゆうべ》暑くて寝苦しかったから、ただの睡眠不足ですよ」

確かに昨夜は熱帯夜だった。

「いや、今日は休もう」

普段穏やかなユウが、珍しく強い調子で言った。

桂は不満そうに口を開いたが、そのとき自動ドアが開いて客が新たに入ってきた。ユウも桂も会話を打ち切っていらっしゃいませといつも通り声をかける。

だが、あ、という形に口を開いたまま、桂の動きが止まった。

「やあ、こんばんは」

客は三十歳くらいの男性で、ヤナギのようなほっそりとした身体をして、濃紺の無地

の浴衣《ゆかた》に正絹の帯を締めていた。頭にはパナマ帽を被《かぶ》っている。毎年豊平川《とよひらがわ》では花火大会が開かれるが、今夜ではなかったはずだ。下駄《げた》を履いて歩く様や、着慣れた様子からして、普段から着物を着る習慣がある人だろうか。濃紺の浴衣は白々とした店内の照明を浴びて、濡《ぬ》れたように光って見えた。

青白い顔に、どこを見ているのかわかりにくい眠たげな目。薄笑いを浮かべて、彼は桂を見て語った。

「美味《おい》しいって聞いてたから気になってね、来ちゃったよ」

桂は小声で、もごもごと礼を言った。何と言ったかはわからないが、動揺しているように見えた。

次いで浴衣の客は、ユウを見て軽く頭を下げた。

「店長さん、私榎木《えのき》と言います。桂君は前にちょっと会ったことがあって……良い青年ですね」

「そうでしたか。桂君は気の利く人で、僕も助けられているんです」

やはりあの薄笑いを浮かべたまま、榎木は尋ねた。

「何かオススメありますか？」

呆然《ぼうぜん》とした様子に見えた桂が、それを聞いて、あっと声を上げた。

「あの、えーと……揚げ鶏《どり》のおろし煮弁当はいかがでしょうか」

あっ、と千春は声を上げそうになった。からりと揚げた鶏をさっぱりしたおろしソースでさっと煮た弁当は、千春が今日買おうと思っていたものだったのだ。

「おろし煮か、いいね、じゃあそれにしようかな。一つください」

「かしこまりました」

ユウがそう応《こた》えて揚げ鶏の準備を始め、桂がメニューにぺたりとシールを貼る。

売り切れシールだ。

「ああ、売り切れですね。暑いと、さっぱりするものが良いですからね」

榎木は朗らかにそう言う。千春は内心がっかりしてしまっていたが、顔に出さないよう努めた……やはり取り置き予約をお願いしておくのだった……。

「これから揚げるんですね」

「お時間十分ほどかかりますが……」

「見てたらおなか減ってきそうなので、ちょうどいいです」

「ありがとうございます。小鹿《こじか》さんもお決まりでしたらお声おかけください」

あ、はい、と千春は素っ気ない返事をしてしまう……さて何を注文すべきか、また頭を悩ませなくては。

「え～と……和風ハンバーグ弁当ください」

千春がやっと注文を決めてそう言った。ユウは調理中だったので、カウンターの向こうにいた桂に頼んだのだが、桂は少し遅れてから、ハッとした顔で千春を見やった。

「あっ、はい……」

「和風ハンバーグ弁当お願いします」

和風ハンバーグは豆腐入りでふわふわしていて、水切りした大根おろしが添えてある。しゃきしゃきの千切り野菜もたっぷりで、そこに醬油《しょうゆ》ベースのソースをかけて食べると、野菜も幾らでも食べられる。暑くて食欲のない時期にはぴったりに思えたので、千春は次善の策とはいえ自分の選択に満足していた。

「かしこまりました」

桂は少しばたばたと慌てた様子で準備を始めた。ここでバイトを始めてもう一年以上になるから、手順はわかっているだろうし、そもそもどちらかといえばマイペースな彼がこんなふうに慌てている様子はあまり見ない——今は店だって混雑していないし、焦るような要素はないはずなのに。

そこで千春ははたと自分の隣に立つ人物の存在に気付いた。

榎木はニコニコと楽しそうな顔で桂を見ている。桂はどこか居心地悪そうで、落ち着かない様子だ。

知り合いに見られているから、なんとなく焦ってしまっているのだろうか？

「あっ」

桂が声を上げたので、千春は彼を見やった。

桂は、フライ返しを手に、情けない顔をしていた。

フライパンの上にあったはずのハンバーグが……ない。

桂の視線の先から、千春はそれが床に落ちてしまったことを察した。たぶん、フライ返しで返そうとして、失敗して床に落としたのだ。

「す……すみません、すぐ作り直します」

「桂君、それ最後の和風ハンバーグ……」

「えっ！」

桂が絶望的な悲鳴を上げて、すぐさま千春に頭を下げた。

「もっ、申し訳ありません！　は、ハンバーグ落としてしまいまして……」

「い、いいですよ、何か他の注文しますから」

「申し訳ありません、小鹿さん」

ユウからも謝られてしまう。千春は残念に思いつつも、桂をフォローするためにも、なんとか次の注文をひねり出した。

千春はちらりと榎木を見やった。榎木は相変わらずニコニコしている。桂は彼を前にして、ハンバーグを取り落とすほど緊張している。知り合いらしいが、年齢も違うし、どういう知り合いなのだろう。榎木は、ちょっと会ったことがある……というようなことを言っていたが……。

その後、千春はほとんど調理の必要がない夏野菜のドライカレー弁当を頼んだせいで会計がほぼ榎木と同時になった。先に会計して店を出た榎木の後から、千春も会計を終えて店を出ると、蒸し暑い夜気が肌にむわっと押し寄せた。湿度の高い空気の中を歩くのは、泳ぐような心地がした。

榎木は少し先の街灯の下を歩いていた。

と、近くの建物に入っていった。

随分昔に店じまいして、看板も外されているせいで何屋だったのかもわからない建物だ。ただ、下りたシャッターと外された看板の跡から、民家ではなかったことがわかるくらいだ。

（え？）

見間違いかと思って、千春は近づいてよく見た。やはり、榎木が入って行ったのは、シャッターが下りたままの古い無人の建物だ。窓には板が打ち付けてある。榎木はシャッターを少し上げて中に入ったらしかったが、今はそのシャッターも再び下ろされている。

夜中に見る廃墟《はいきょ》は、灰色の壁面にボヤの跡が黒く残って、急にひどく不気味に見えてきた。からころ、という音にびくついたら、音を立てて空き缶が転がってきた。生暖かい空気なのに、何故かぞくぞくと寒気がして、鳥肌が立つ。

千春は落ち着かない気持ちになって急ぎ足でその場をあとにした。

ただ、早く帰ってカレー弁当を食べようと思った……カレーの風味と熱こそが、得体の知れないこの不安な気持ちを忘れさせてくれる気がした。

榎木は、次の日も、その次の日も来店した。

いつも彼はニコニコと機嫌好《よ》く、桂が勧める弁当を買っていった。それだけ見れば普通の客なのだが、応対する桂は最初のような失敗まではしないものの、落ち着かなく、緊張しているように見えた。

その上、桂の顔色は日に日に悪くなっていた。

ユウも心配して休ませようとするのだが、桂自身は熱もないし風邪でもないから出ると言って聞かない。時々は、店に出てきた桂を無理矢理奥の休憩室で休ませている様子だったが、もう十分休んだと言って桂は積極的に自分から店に出てくる。バイト代が減るのを気にしているなら有給休暇も取れるとユウが言ったが、それでも出てくる。

実際、店はかなり忙しそうだった。イベントへのケータリングの注文が結構入っているのだ。休んでいいとユウは言うが、実際配達を担当していた桂が休むと仕事が回らなくなるだろう。桂はそれを心配しているらしい。

札幌とはいえ蒸し暑い日が続いていたので、気候の変化に身体がついていけずに不調になったのかな、くらいに千春は思っていたが、身近で見ているユウはもっと深刻に受け止めていた。桂を休ませるために短期のバイトを新たに雇うかどうか、という検討までし始めたくらいだ。

その日は朝のうちに雨が降り、連日の暑さが少し和らいでいた。千春は桂も調子を取り戻しているかなと思ったから、店に着くなりユウから告げられた事実に驚き、思わず聞き返した。

「桂君、お休みなんですか？」

「はい。本人は大丈夫だって言ってたんですが、着いてすぐふらついて。病院まで送って、そのまま帰ってもらいました。やっぱり、疲れが出たんだろうってことでした」

常連の黒川《くろかわ》も来店していて、ユウから一通りの話はすでに聞いている様子だった。

黒川は、眉根《まゆね》を寄せてユウに言った。

「働かせすぎってことだね」

「……………そうですね…………」

ユウから出てきたのはそれはもう今までに聞いたことがないくらい重く低い声だったので、黒川は途端に慌てた様子を見せた。

「あっ、そんな本気で落ち込んでるとは思わなくて……」

「黒川さん、こんな話でユウさんからかわないでくださいよ」

「ごめんね……」

ユウは相当落ち込んだ様子で、うなだれていた。

「いいえ、本当のことです。もっと早く病院連れて行くなり、無理矢理休ませるなりすべきでした」

黒川は気まずそうに言葉を探し、あっ、と声を発した。

「そうだ、桂君がぶっ倒れるくらいなんだから、ユウ君どうなの？　ちゃんと休めてる？」

「僕は大丈夫ですよ。この前雨で屋外イベントが中止になったせいで、仕事も流れてしまったりで……そんなに無理はしてないです。夜もよく寝られてますし」

「……そういえば、桂君、あんまり寝てないってここ何日か言ってましたね。暑くて寝苦しかったし、体力消耗しちゃったのかもしれませんね」

「そっかあ。何か冷たいものでも持ってお見舞い行こうかな」

その日は桂のことが話の中心になった。

黒川はお見舞いの品を色々に悩み、千春やユウに相談していた。

そしてそれぞれ弁当を買って店を出たところで、千春はふと、榎木が消えたあの廃墟が通りの向こうにあることに気付いて、視線を向けた。

すると、一緒に店を出てきた黒川がこんなことを言った。

「あ、あの建物、幽霊出るって話ありますよね」

「……えっ？」

千春は思わず声を上げ、黒川を振り返った。それからもう一度、恐る恐る、廃墟に視線を戻した。

「暗くてわかりにくいですけど、あそこ何年も前に火事があったんですよ。そのさらに何年か前は個人商店だったんですけど、どうもね、まだここが自分の店だって思ってるみたいで……」

「店だって思ってるって……幽霊がですか？」

「そう。蒸し暑い夜に、ふっと首筋に冷気を感じるでしょう。それで顔を上げると、この建物の二階の窓、ほら、あそこから男が一人こちらを覗《のぞ》いているんですって」

「へ、へえ～」

「それでね、目が合うと、その幽霊が、ふらっと出てきて、飴《あめ》をくれるそうなんですよ。でも、その飴を受け取ると……」

「受け取る……と？」

「次の日には、受け取った子は死んじゃうんですって」

いやいやいや……そんな、小学生の怪談じゃあるまいし、冗談がきつい……なんてことを頭では考えていたが、実際に背筋がまたいつかの夜のようにぞくぞくしてきて、口に出すと声が上擦って強がりにしか聞こえなそうだった。黒川が指さした窓になんとなく目をやってしまう。窓には窓ガラスが残っていたが、蔦《つた》が這《は》って半ば隠れ、その上、汚れか、劣化か、曇っていて、中はよく見えなかった。

咳払《せきばら》いして、千春は努めて平静な声を出した。

「そんな話、大の大人がするものじゃないですよ、黒川さん。いいですか、私、見たんですから。この建物に人が入っていくのを。だから、きっとその怪談っていうのは、ここに実際に誰か出入りしているから、それが噂になって――」

「え、人が入っていったんですか？」

黒川は驚いた様子で聞き返すと、突然道路を横切って廃墟に近づき、まじまじとその外観を観察した。何事かと千春がついていくと、今度は彼はシャッター脇に呼び鈴を見つけて、それを躊躇《ためら》いなく押した。

だが、音はしない。中で音が響いた様子もない。たぶん壊れている。

次いで、彼はシャッターを軽く叩《たた》いて、もしもし、と声をかけた。返事がないのを待ってから、シャッターの下部に手をかけた……が、がしゃっ、という音がするだけで上がらない。

「鍵《かぎ》がかかってますね。それに、やっぱりこうして近くで見ても、人が住んでいるようには見えませんよ」

千春はそう言われてもう一度廃墟を見上げた。間近で見ると、コンクリートの壁面全体に蔦が絡まり、窓も大部分はその蔦に呑《の》み込まれている。なんとも不安になるたたずまいだ。

「……そうですけど、確かに見たんです。ですから、きっとその人は鍵を持ってて……」

「あのですね、小鹿さん。すごく言いにくいんですが……」

黒川は、顔をしかめて、本当に言いにくそうに話した。

「幽霊は、鍵を開けなくても出入りできると思いますよ」

「なっ……、何言ってるんですか！　ちっ、違います、ちゃんと生きた人間でした！」

「ええ〜、本当ですか？　実は小鹿さんにしか見えてないとかないですか？」

「ないです！　ユウさんと桂君もお会いしてるんですからね！　くま弁のお客様なんですっていうか、幽霊なんてそんなのいるわけないじゃないですか」

「まあ、いるわけないですよね。じゃあ、鍵の持ち主ってことは、相続された人か、物件買われた人なんですかね？」

黒川が突然至極尤《もっと》もなことを言い出したので、千春は呆気《あっけ》にとられてしまった――何故か黒川の方も、同じような、呆《あき》れた顔をしていた。

「ちょっと……まさか幽霊話なんて信じたわけじゃないですよね？」

「そ……そんなわけないじゃないですか！」

千春は思わず大声を上げた。黒川は噴き出すように笑った――人が悪い。

「あっ、わっ、私のことからかったんですね⁉」

「いや……幽霊話の噂は本当ですよ。たぶん、ここに出入りしてる人がいるから、変だって噂になったんでしょうね。ちなみに近所の小学生が教えてくれました」

「…………」

自分が小学生の噂話に慌てたとわかって、千春は恥ずかしくなった。

「と、とにかく、私は家に帰りますから。黒川さんも、変なもの差し入れして桂君困らせたりしないでくださいね！」

千春は照れ隠しもあって大きめの声でそう言い、最後にもう一度、廃墟《はいきょ》をじろっと見た。なんてことはない、火事の跡がちょっと残っているだけの古い建物だ。その跡も、蔦で覆われて隠れつつある。札幌の中心部から近いのに、所有者は活用したり、売ったりしないのだろうか……と少し思った。いや、それは千春には関係ない話だ。

だが、廃墟から目を逸《そ》らそうとした千春は、ふと、不思議な力に引かれたようにぎこちなく首を動かして、もう一度建物を——その二階の窓を見た。黒川が、あの窓から幽霊が顔を出していたんだと語っていた、同じ窓だ。窓は僅《わず》かに開いている。

ぼんやりと、その中が光っているように見えた。

そして、次の瞬間、窓ガラスに、白いものが張り付いた。

人の掌《てのひら》だ。

「っ！」

千春は思わず息を呑んで後ずさった。それに気付いた黒川が、笑って言った。

「なんです？　あ、からかわれて悔しかったから今度は僕を驚かそうって言うんですね？」

「ち……、ちが……っ！」

千春の声は上擦り、窓を指さす手はぶるぶると震えていた。黒川は訝《いぶか》しげな顔で、廃墟を見やった。

廃墟の窓に、今度は人の姿がぼんやり映った。

「えっ！」

黒川がびっくりした様子で声を上げた。その途端、人影は見えなくなった。

黒川も千春もその場に立ち尽くしていた。見間違いか、それとも——二人が結論を出す前に、突然シャッターががりがりと音を立てて上がった。

最初に見えたのは、下駄《げた》だった。

シャッターの下から下駄を履いた足が見えた。その肌は、夜の闇の中で白く光って見えた。

それから、浴衣《ゆかた》の裾《すそ》。

「あ……」

シャッターを開けて現れた人物を見て、千春は小さな声を漏らした。

浴衣を着た男性——桂と知り合いらしい、榎木だ。

「やあ、どうも」

「えっ……あ、はい、どうもこんばんは……」

千春は動転しつつも挨拶《あいさつ》をし、ぎくしゃくとした動きで黒川を振り返って紹介した。

「あの、こちら、桂君のお知り合いの、榎木さんです」

「えっ？」

黒川も、事態を把握できない様子だ。千春だってできているわけではない。

榎木はどこかぼんやりとした微笑みを浮かべて、千春と黒川を眺めて言った。

「すみません、驚かせてしまったみたいで」

「い、いえ、こちらこそ、建物の前で騒いでしまって……」

「いいんですよ。あの、ところで、実はちょっとご相談がありまして」

榎木は、千春に白い紙袋を差し出してきた。底面が広い小ぶりの紙袋だ。

「これを……」

榎木の声がゆっくりと耳に響く。紙袋を受け取り、中身の重さを感じた千春は、黒川に聞かされたくだらない怪談を思い出していた。

飴を受け取ると……次の日には、受け取った子は死んでしまう。

「桂君に差し入れたいんですけど、どうでしょうか？」

「え……？」

千春は聞き返し、視線を上げて榎木を見た。

「あ、すみません、突然こんなことを……窓を開けた時、お話聞こえてしまったんです。桂君のお見舞いに行かれると。私もさっきお店に行って、店長さんから桂君のお話伺ってきたんですよ。それで、差し入れになるものをと探していたんですけど、ちょうど今日の昼に作ったものが冷えていたので……」

「冷えて……」

「桂君、こういうのお好きでしょうか？　私、考えてみたらそんなに彼の好きなもの知らなくて。苦手なものだとまずいので、ちょっと見ていただけないかと……」

「あ、はい……」

千春は言われるままに袋の上から中を覗《のぞ》いた。

透明なカップに入ったプリンが二つ。それぞれ透明なプラ蓋《ふた》がついている。

「プリン……ですか」

「あ、桂君プリン好きですよ」

黒川は千春の手元を――紙袋にきちんと収まるようにラッピングされた二つのプリンを見てそう言った。

「よかった！　ありがとうございます」

「いや～、桂君心配ですよね」

黒川が先ほどまでのびくついた態度はどこへやら、榎木にそう話しかけた。

「そうですよね。彼にはいつも美味《おい》しいお弁当オススメしてもらっていて……おかげで私も随分体調良くなったんですよ。彼ね、野菜多めで、さっぱり食べられるのをよく勧めてくれるんです。最近確かに野菜不足だったし、食欲もなかったんで、助かりました」

「あ、じゃあ今から差し入れに行くんですか？」

時刻は十九時半。桂の家はすぐ近くだ。病人の家に行くにはやや遅めだが、千春は尋ねてみた。

「あ、私は行かないんですけど、実はさっき店長さんとお話しして、店長さんが桂君の忘れていった鞄《かばん》を家に届けるから、その時持って行ってくれるって話で……だから明日《あした》になるかもですね。ほら、私が行くと、気を遣わせちゃうかもしれないんで……」

お客だから……ということだろうか。言われてみたらそうかもしれない、と千春も考えた。

「黒川さんもそうしてもらったらどうです？　一応お客の立場じゃないですか」

「え……でも、桂君、そういうの気にしなそうかなって」

「あ、いえ、客だからというよりは、私のせいだと思うので、そこはお気になさらないでください」

榎木は申し訳なさそうな顔で言った。

「彼、私が行くとどうも緊張してしまうみたいで。そのうち慣れてくれると思うんですけど」

千春も気になっていたが、確かに榎木を相手にした時の桂はいつもと少し違っていた。動きがぎくしゃくして……千春のハンバーグも落としていた。

「……ところで、さっきから気になってたんですけど……」

急に黒川が、いつもの人なつこい笑みを浮かべてそう切り出した。

「今出ていらっしゃいましたけど、こちらにお住まいなんですか？」

そう、プリンの話に流れてしまったが、そもそも榎木はこの目の前の廃墟から現れたのだ。

「ああ、実はしばらく前に購入したんです。二階の改修が終わったらちゃんと引っ越して来たいんですけど、それまでは風呂《ふろ》と寝るのは近くのマンションに帰ってます。昼間はちょっと遠いお店で働いているんで、夜とか、休日とかに少しずつ作業を進めていて……」

「そうでしたか！　なるほどなるほど。いやあ、榎木さん、僕黒川っていいます。近所のマンションに住んでまして……」

どうもどうも、と黒川と榎木はご近所の挨拶を交わした。黒川は、笑いながら榎木に注進した。

「榎木さん、近所の小学生と小鹿さんから幽霊扱いされてますよ」

「なっ、違います！　何言ってんですか、黒川さん！　黒川さんが小学生の怪談を聞かせてきただけで、私は……」

「幽霊？」

黒川から詳しい話を聞いた榎木は、呆気《あっけ》にとられ、次いで、大笑いした。

「ふ……ふふ、はは、それ、私のせいですね……！　いえね、近所にご挨拶したらお子さんがいらっしゃったんでね、ご両親に断ってお菓子あげたんですよ、なんか怖がられて泣かれてしまったんですけどね。たぶん、あの子が友達に話したんでしょうね」

「あの、すみません……」

「いいえ、いいんですよ」

彼は笑い過ぎて滲《にじ》んできた涙を拭《ぬぐ》った。

「お菓子を配ったのも、実は下心があったので、そこを見破られていたのかもしれません。実は、私、ここにパティスリーを開こうと思っているんです」

聞き流しそうになったが、千春は一拍おいてから言葉を理解した。

「……パティスリー⁉」

廃墟《はいきょ》を見上げた。窓は古びて曇り、壁面には蔦《つた》が這《は》い、火事の跡も残る。

「ええと……ケーキ屋さんってことですよね？」

黒川が馴染《なじ》みのある言葉に置き換えて確認した。

「はい……といっても、まだ改修中で。見た目はこんなふうなんですが……」

パティスリーと言われて千春は目の前の建物に看板がつく様を想像した。言われるまでは取り壊しを待つだけの廃墟に見えたのだが、窓が新しいものに入れ替えられ、汚れが綺麗《きれい》に落とされれば、なんとなく格好がつきそうにも思えてきた。

「近所にケーキ屋さんができるのは大歓迎ですよ！　いつ開業予定ですか？」

千春の言葉に、榎木は言いにくそうに答えた。

「……来月、でした」

来月……建物を見る限り、とても来月オープンできそうには見えない。でした、と過去形になっているのは、思うように改修が進まず、予定がずれ込んでしまったせいだろう。

「中もお菓子を作れるような状態ではないので、プリンも配ったお菓子も自宅で作ってきたものなんです。開業は延び延びになってしまっていて……いつになるのかは、まだわからないんです」

しょんぼりと、榎木は肩を落とした。

怪談話が、思ってもみない方向に転がった。

プリンをユウに託すつもりだという榎木と一緒に、千春と黒川は再びくま弁を訪れた。途中のコンビニで、黒川はフルーツゼリー、千春はおかゆのレトルトパウチとゼリー飲料を買っていた。

榎木の頼みを聞いたユウは恐縮しながらも礼を言った。

「ありがとうございます、桂君のために……とても喜ぶと思います」

「ユウ君いつお見舞い行くの？」

黒川の問いに、ユウは店内の時計を見上げて答えた。

「そうですね……明日の午前中にでもと思っています。十時くらいに、連絡入れてから……今日は店じまいまで動けないんで」

「あー、僕明日は無理だな。小鹿さんは？」

「私行けますね、明日休みです。あ……でも、お休みのところなんで私行かない方がいいのかな……」

「いや……誰も来ない寂しいってメッセージがさっき入ってたんで、行ってもらえたら喜びますよ、たぶん」

「あ、じゃあ榎木さんも一緒に行ったらどうですか？」

黒川にそう声をかけられて、榎木は面食らった様子だ。

「え……」

「あっ、平日だから無理か……」

「ああ、いえ、明日は大丈夫ですが……私が行くと、桂君に気を遣わせてしまうんじゃないかと……」

ユウはにこりと微笑んで言った。

「大丈夫だと思います。喜びますよ」

榎木はどうしたものかと悩んだ顔だったが、結局、では、とその誘いを受けた。

「わかりました。明日、お見舞いにご一緒させてください」

結局、仕事がある黒川以外の三人で桂の見舞いに行くことになった。

❄

その日はくま弁の定休日であり、そのために千春も休みを取っていたのだった。どこに行くとかいう約束をしているわけではなかったが、休日はユウと一緒に過ごすために休みを合わせることが多かった。

十時五分過ぎくらいに、ユウと千春と榎木は桂の二階建てのアパートの前にたどり着いた。

二階の奥の部屋でドアの呼び鈴を鳴らしたが、応答がない。事前にスマートフォンアプリのメッセージで連絡を入れていたというユウは、首を傾《かし》げた。

「寝てるのかな……」

「……倒れてるわけじゃないですよね？」

千春が口にした言葉に一番反応したのは、後ろで控えめに立っていた榎木だった。

「！　桂君！」

榎木は突然前に出てくると、ドアをどんどんと叩《たた》いて、あまり間を置かずにノブに手をかけた。鍵《かぎ》はかかっていなかったので、ドアはあっさりと開いた。

ドアを開けた先は狭い玄関で、すぐに短い廊下があり、その先には開けっぱなしのドアときちんと整理された部屋があった。向かって右手にベッド、左手にラックがあって、たぶん手前にキッチン。ドアから近いところにローテーブルがあり、その手前にこちらに背を向けて、ヘッドホンをした桂が座っていた。音楽を聴いているらしく、しゃりしゃりという音がヘッドホンから漏れていた。彼はさすがに物音に気付いたのか、こちらを振り向いて、驚いた顔でヘッドホンを取った。

「あれっ、あっ、すみません、音聞こえなくて……」

「寝てなよ、桂君！」

ユウが呆《あき》れた様子でそう言い、それから改めて状況を説明した。

「あの、ごめん、勝手に……チャイム鳴らしたんだけど、聞こえなかったみたいで……」

「あっ、開けたのは私だよ、申し訳ない……」

榎木が謝ると、桂はいえいえ、と恐縮して言った。

「いいんです、聞こえてなかったので……あの、入ってください。麦茶でいいですか？アイスコーヒーもありますけど」

そう言って彼は冷蔵庫へ向かおうとするので、ユウと榎木が駆け寄って止めた。

「ダメだよ、寝てなって」

「お見舞いに来ただけなんだ、差し入れ置いてすぐ帰るから！」

桂はきょとんとした様子だ。顔色は相変わらずあまりよくない。確かに寝ていた方が良さそうだが、彼はテーブルの上にノートパソコンと分厚い本を置いて何か作業していた。扇風機が、そのそばでかたかたと首を回している。

エアコンがない南向きの部屋だ。白いレースカーテンがきつい日差しをある程度遮っていたが、開け放たれた窓からは風があまり入らず、これからの気温上昇を感じさせた。

「何か作業してたの？」

ユウにそう言われ、桂は慌ててパソコンに向き直った。

「まっ、待ってください、今保存して……」

「休みなって言ったのに……」

「でもようやくやり方わかってきたので、結構面白くなってきて——あ、適当に座ってください、狭いとこなんですけど」

桂はTシャツにハーフパンツ姿で、頭髪はぼさぼさだった。いつもはどこかローテンションで自分のペースを崩さないところがある彼だが、今は少し嬉《うれ》しそうに見えた。

「差し入れ冷蔵庫入れるんですか？　冷蔵庫の中いっぱいで——」

またなんやかやと理由をつけて、彼は立ち上がろうとした。ユウはとがめようとしたが、突然、ふらりと桂の身体がかしいで、今部屋に入ったばかりの千春の方へ倒れそうになった。

「！」

千春は慌てて支えようとするが、桂も大柄ではないとはいえ男性一人の体重を支えきれるわけもなく、危ういところでユウと榎木が手を貸して桂をベッドに寝かせてくれた。

「桂君？　大丈夫？」

ユウが心配そうに覗《のぞ》き込むと桂はぼんやりとした目で彼を見て、ちょっと情けない感じの笑いを浮かべた。

「すみません……」

どうやら立ち上がった拍子にめまいか何かが起こったようだ。とにかく安静にしているようにとユウは厳命した。

千春は持ってきた差し入れを冷蔵庫に入れておこうとして、ふと榎木の様子に気付いた。榎木は開きっぱなしのノートパソコンの前で立ち尽くしていた。

「これ……」

彼は心底驚いた様子でパソコンの画面を凝視し、それから、桂に視線を向けた。

「うちの店のウェブサイト？」

あっ、と桂が悲鳴のような声を発した。

千春も言われてパソコンを覗き込む。そこにはお洒落《しゃれ》な感じのウェブサイトが表示されていた。アイコンにケーキやシュークリームのイラストが使われている……そうだ、これは確かに、ケーキ屋さんのウェブサイトだ。パティスリーという言葉も見える。

「パティスリー……ミツ？」

千春が読み上げると、榎木が説明した。

「私、下の名前光彦《みつひこ》なんで、そういう名前つけようと考えてたんです。これ……うちの公式サイトってこと？　作ってくれてるの？　私、タモツ君に頼んでたと思うけど……」

桂は黙っていた。気まずそうに視線を泳がせて、何と言い訳しようか考えている様子に見えたが、最後には言いにくそうに口を開いた。

「タモツ先輩から奪う感じで、俺がやらせてもらってます……」

「な……？　なんで？」

「それは……その……」

桂は言いよどんでしまった。榎木も混乱しているようだ。千春は部外者が口を出すのも……と思いつつも、このままでは話が進まないようにも思えたので、割って入ることにした。

「桂君、訊《き》いてもいいかな？　まず、えーと……タモツ先輩？　って誰？」

「俺の高校時代の先輩です」

千春の質問を受けて、桂はぽつぽつと語り出した。

「正確には、先輩のそのまた先輩くらいで、卒業後に知り合ったんですけど。この人が、多趣味……というか、なんにでも突っ込んでいく人で。スターになるってアメリカ行ったり、テレビ局で働いたり、バーの共同経営したり……どれもだいたい失敗するか投げ出すんですけど、でも、凄《すご》い行動力で、面白い人だなあって思って……で、ある時、そのタモツ先輩から呼び出されて、ホテルのレストランでフルコースおごってもらったんです」

「へえ、お祝いか何か？」

「いや、全然。なんかその年タモツ先輩怪我しちゃったんですけど、確定申告したら税金がちょっと返ってきたから誰かにおごりたくなったって言ってました」

「うん……」

タモツ先輩は宵越しの金は持たない主義なのだろうか……。

「そんで、ホテルのずっと上の階にあるレストランで、こう、なんか肉も魚も入ってるみたいなフルコース食わせてもらって、そしたら最後にデザート出てくるじゃないですか。それが、なんかめちゃくちゃ綺麗《きれい》だったんですよね。ちっちゃい果物のタルトにジュレがのっかってキラキラしてて。そんで盛り合わせだから、他にもチョコレートケーキとかあるんですけど、ほら、割ると中からチョコレートソース出てくる……あっ、そうそう、フォンダンショコラですよ。添えてあるアイスクリームが林檎《りんご》のやつで、あっついのと冷たいのと綺麗なのといい匂いがしてうまいのとで大変なんですよ。うわー、すげーな、ってなって、それがそこで働いていた榎木さんの作ったやつだったんです！」

よほど美味《おい》しかったのだろう、桂の語り口には熱が入って、目は輝いていた。

「そんで、タモツ先輩と榎木さんがなんか知り合いで、ほら、タモツ先輩、顔は広いんで。俺はタモツ先輩に榎木さんを紹介してもらって……榎木さんが独立して店開こうとしているって知ったんですね。それをタモツ先輩がちょっと手伝ってると。でも、タモツ先輩ってほら、えー……まあ、そういう人なんで、大丈夫かなって気になったんですね」

千春も話を聞いていて、それは気になりそうだな、と思い、ああ……と相づちを打ってしまった。会ったこともないのだが。

「で、色々確認したら、やっぱりウェブサイトなんか作ったことないって言うんです。自分から、俺がやるって言って頼まれてるのに、ですよ。でも、まあしょうがないな、こういう人だしなって思って、じゃあ俺がやりますよって言ったんです。あ、俺、趣味のサイト運営してたことあるんですよ。でも更新しやすいようにとか、見てすぐどこに何があるかわかるようにとか、なおかつ格好好《よ》く……とか、色々考えてたら難しくて。素人《しろうと》っぽい感じになっちゃってて……申し訳ないんですけど……」

千春は驚いて言った。

「えっ、そんなことないよ、すごく格好《かっこ》いいね。写真とかも雰囲気あるし」

素人が作ったにしてはスタイリッシュなデザインで、見ていてちょっとわくわくしてくる。店の外観写真もあったが、トリミングとフィルターによる加工で綺麗に見せている。少なくとも廃墟《はいきょ》には見えない。

「あっ、外観写真とかケーキの写真とかは後からちゃんとしたのをいただいて作ろうと思っていて、とりあえず貼っただけって感じなんですけど」

「桂君……」

何かに気付いたらしい榎木が、静かな声で呼びかけた。

「これ、いつ作ってたの？」

「あの……仕事終わりとか……お休みの日とか……」

「寝ないで？」

「いやあ、ちょっとは寝てましたよ、さすがに。まあ、その……」

「つまり、これのせいで過労で倒れたってことだよね」

桂は何か反論か言い訳をしようとしたように見えたが、結局何も出てこなかったのか、気まずそうにちょっと笑って、その笑みを消して頷《うなず》いた。

「はい……」

千春は納得した。連日の暑さがあったとはいえ、桂が倒れたのはこういう事情があったからなのか。仕事が流れて予定が空いても、寝食を惜しんで作業に没頭していたのだ。

まだ頭を枕に載《の》せたまま、桂は気まずそうに語った。

「だって、なんか力になりたくて……俺にできること、せっかく見つけたから……いや、そんなにちゃんとできてないかもしれないですけど……でも、過労なんてそんな大層なもんじゃ――」

「ダメだよ！」

いきなり榎木が大きな声を出して、桂の枕元に飛んで行った。桂はびっくりした様子で目を瞬《またた》いている。

榎木は切々と訴えた。

「無理して、こんなふうに体調崩すなんてダメだ。くま弁にも迷惑かけてしまうだろう？　それに、身体は一つしかないんだから、もっと大事にしなくちゃ。若いから無茶できてしまうのだろうけれど、今身体が悲鳴を上げているんだから、もっと耳を傾けて、休めるときはちゃんと休むんだ」

「榎木さん……」

桂はぽかんと口を開けて榎木をまじまじと見つめ、それから狼狽《うろた》えた様子で、ユウを見やり、また榎木を見た。

「あ、あの、すみません……」

くま弁での彼は、マイペースな若者で、あまり大きく感情を見せることもなかったが、
このときばかりは、叱られた子どものようにひどく落ち込んで見えた。

「すみません……」

彼は一瞬ベッドから身体を起こして頭を下げようとしたようにも見えたが、榎木に睨《にら》まれてそれを諦《あきら》め、ベッドに横たわったまま、小さな声で謝罪を繰り返した。

榎木の方もユウに向き直って、頭を下げた。

「くま弁の従業員である桂君に私の仕事を押しつけてしまい申し訳ありません」

「榎木さんはご存じなかったのですから、そんな……それに、僕こそ身近で見ていたのに……」

ユウはそう言いながら俯《うつむ》いてしまった。

「いや……すみません、実は少し気付いていたんです」

「え？」

聞き返す榎木に、ユウはぽつりぽつりと語った。

「ウェブサイトを作っているとまでは知りませんでしたが、もしかしたら、ダブルワークでもしているのかなとは思っていました。時々、眠そうにしていたので……でも、それは彼の自由で、僕が踏み込んでいいところじゃないような気がして、体調を心配して

いるということくらいしか伝えていなくて……」

ユウは驚いた顔の桂に話しかけた。

「ごめんね。倒れてからじゃ遅いのに。もっと君の体調を気遣うべきだった」

「えっ、そん……そんなこと、俺……いや、俺が悪いんですよね、これ……」

桂は面食らって、あたふたして、助けを求めるように千春を見やった。

千春は肩をすくめた。榎木のことはよく知らないが、ユウがこういう人だというのは、もうわかっていたはずだ。桂は泣きそうな顔になって、これまでになく素直に謝った。

「すみません。俺、こんな心配されるとは思わなくて。割と今までも元気だけが取り柄、みたいなところあったから、まだいけるって思っちゃって。ほんと、これからは気をつけます……」

叱られて、謝られて、桂はかなり後悔しているように見えた。

ユウが桂に声をかけた。

「じゃあ、僕たちはもう行くから。君はちゃんと休んでね。約束だよ。元気になって復帰してくれるのを待ってるから」

「はい……」

桂があんまり悄然《しょうぜん》としているので、千春は榎木とユウが帰り支度をしている間に彼にそっと囁《ささや》いた。

「桂君、桂君。榎木さんがプリン作って持ってきてくれたから、今日中くらいに食べてねって」

「えっ」

桂の目が輝いて、頬に血の気が戻ったように見えた。

「う、嬉《うれ》しいです。榎木さんの作るもの、すっごい美味《うま》いんですよ……！」

「そうなんだ。よかったね、冷蔵庫にあるから、食べられそうになったら食べてね」

「はい！　俺寝ますね！」

桂は少々興奮していたが、タオルケットを胸まで引き上げて、それから首を捻《ひね》って玄関のユウと榎木にも礼を言った。

「今日はありがとうございます。俺、ちゃんと治します」

「おやすみ、お大事にね」

「うん、桂君」

ユウと榎木がそれぞれ言って、千春も靴を履いて桂に手を振った。

桂もベッドから手を振ったが、そのときにはもう、少し眠そうに見えた。

桂の部屋を出てから、榎木は長くため息を吐き、改めてユウに頭を下げた。

「本当にすみません。まさか、うちの店のせいで無茶をしてたなんて……」

「いえ、僕も一緒にいたのに……」

「でも、どうしてここまで……」

確かに倒れるほど力を入れて協力するというのはかなりの入れ込みようだ。

だが、千春には、桂の動機がわかる気がした。

千春は思ったことを口にした。

「それは、桂君が、榎木さんのケーキが大好きで、榎木さんのお店を応援したかったから……じゃないですか？」

「えっ……」

「いや、私の想像ですけど、さっきの桂君の話、ケーキが美味《おい》しかったんだろうなっていうのがすごく伝わってきたので」

千春も一ファンとして、くま弁のためにできることがあればやりたいと思う。皆がそうというわけではないだろうが、そういう人間もいるのだ。

榎木は言葉を選ぶようにしばらく逡巡《しゅんじゅん》したのち、口を開いた。

「いや……実は……彼には、もう断られているんです」

「断られ……？　何をですか？」

「開店にあたって従業員を探していたら、さっき話に出てきたタモツ君が桂君を紹介してくれたんです。面接させてもらって、うちの店で働いてみないかって話をしたんですけど、断られました。あ、勿論《もちろん》、桂君が積極的にうちの面接を受けに来たのではなくて、私の後輩に連れられて……桂君にとっては先輩に当たる人物ですから、断れなくて面接に来てくれただけだと思います。ですから、桂君が転職したがってるわけでは絶対なくてですね……」

「大丈夫ですよ」

榎木が焦ったようにフォローするので、ユウは微笑んでそう言った。

「桂君の気持ちは、彼が元気になってから、自分の口で話してくれると思います。でも、僕も小鹿さんの意見に今のところ賛成ですね。桂君は、榎木様のお店を応援したかっただけだと思います」

「そう……ですか」

榎木は頷いたが、何やら深く考え込んでいた。


二日後に千春がくま弁を訪ねた時には、桂が元気よく出迎えてくれた。

「いらっしゃいませ！」

「あっ、こんばんは、体調大丈夫ですか？」

「はい、随分よくなって。お見舞いありがとうございます。おかゆ食べましたよ」

「よかった～」

途中でかかってきた電話にユウが出たので、そのあとも桂が接客してくれた。最後に出来上がったメンチカツ弁当を渡す時、桂は急に顔を近づけてきて、潜めた声で話した。

「あの……ちょっとお尋ねしたいことがあるんですけど」

「ん？」

「ここだと……」

桂はユウの方を気にして小声で話していた。千春は察して、ユウにも聞こえる声で言った。

「あ、すみません、あの……お、お手洗いお借りしてもいいですか？」

……咄嗟《とっさ》に他の言い訳が出てこなかった。

もし実際に緊急事態が発生しても、ここではなくて向かいのコンビニでトイレを借りた気がするが、ユウは特に違和感は覚えなかった様子で、ただ心配そうな目をこちらに向けた。……たぶん、かなり緊急性の高い状況だと思われている。

「いいですよ、どうぞどうぞ」

桂がちょっとわざとらしい感じに手を振ってトイレへの道を指し示した。トイレは一旦《いったん》居住スペースに出て、土間で靴を脱いで上がり、廊下を歩いて左手のドアだ。トイレの向かいには従業員の休憩室になっている和室がある。

しばらくトイレの前で待っていると、桂が和室の襖《ふすま》を開けて出てきた。厨房《ちゅうぼう》の奥から休憩室に出られるので、そちらを通ってきたのだ。

ありがとうございます、と小声で礼を言うと桂は千春に尋ねた。

「俺のこと、榎木さんなんか言ってました？」

「え？　ああ、桂君が面接受けたって話？」

「……それユウさんも聞きましたよね」

「うん……」

「ああ～、やっぱり……」

何か態度に出たのかと、千春は事情を訊《き》いた。桂の話によると、今日桂が復帰してからユウがやたら待遇のことを確認してくるという。

「もっと時給上げた方がいいかなとか言われても、増えたら嬉しいですけど俺はなんて答えればいいんですか……」

「まあまあ、じゃあ上げてください、でいいんじゃない？」

「それで無節操に上げて経営うまくいかなくなったらどうするんですか。それにうちそんなに支払い悪くないですよ。この間もボーナスもらったし」

「そうなんだ」

「でも賄いはもっと量が多いといいですとはリクエストしました」

「うんうん」

千春はまた小声で言った。

「榎木さんのところの面接だけど……本当に、先輩から頼まれて断れなかっただけなの？」

「……………」

桂は俯《うつむ》いて黙り込んでしまった。悪いことを訊いてしまったかなと千春は反省し、無理して答えなくていいと言おうとした。

だが、それを制して、桂は語り始めた。

「俺、くま弁で働いて、飲食っていいなって思ったんです」

「飲食業界って意味？」

「はい……あの、俺、学校出てから色々やってきてて、たまたま、軽い気持ちでここのバイト始めたんですけど……案外続いてて、自分でもびっくりしてて。それで、もしして、これからもこういう仕事がいいんじゃないかなとか思ったんですね。それで、そういうときに、たまたまタモツ先輩から声かけてもらって、榎木さんのケーキ食べて……」

桂は顔を赤くしながらも、懸命に話してくれた。

「いや、元々確かにケーキとか好きではあったんですよ。どこそこのが美味しいとか、黒川さんと意見交換したりもしてて。でも、ここまで心動かされたことってないなって。見た目とか、匂いとか、味とか、雰囲気とか、いろんなものが一つになって、今俺特別な時間過ごしてるって思えたんです。あのデザートの一皿を前にしてた『時間』は、すっごいキラキラしてたんです。どうやってこれを作ったんだろう、どうしてこういうことができたんだろうって、タモツ先輩に興奮して話したら、先輩、作った人知ってるって言うんですよ。嘘だろーって思ったら、本当で。タモツ先輩から話色々聞いたんです。

で、だんだん製菓業とか、どうかなって……考えて……」

そこで桂の声は小さくなっていってしまった。自信なげで、だが、その表情からは抑え切れない渇望も感じられた。

「その時は、わーって我ながらすごい勢いで色々調べて。でも、専門学校とか学費結構高くて、うわ、これはきついなーって思った時に、タモツ先輩が、榎木さんが独立して店起《た》ち上げようとしてるって言って」

榎木を手伝って彼の下で修業したいと思った桂は先輩に頼んで面接にこぎつけたが、話を詰めていくとパティスリーの開業がくま弁の忙しい時期と重なってしまうことがわかった。どのみち榎木のところで働くならくま弁を辞めなければならないが、それにしても繁忙期にいきなり辞めるとユウが困る……と考えて、桂は泣く泣く榎木の店を諦《あきら》め、断りを入れた。

「なるほど……」

千春は呟《つぶや》き、唸《うな》り……ふと、一つ確認すべきことに気付いた。

「その時、榎木さんのお店はいつオープンだって言われたの？」

「え？　八月からです……」

「……お店、見た？」

「はい……」

もう七月だ。店の様子からして、来月に開業させるのは難しいというのは、桂も理解しているだろう。

「あの……たぶん、何かトラブルだろうと思うんですけど、色々困ってるみたいで……それで、俺何かできないかと思って、お店では働けないけど、手伝えることを探したんです」

それで、ウェブサイトを作るということになったのか。

「そうだったんだ。でも、身を削るほど打ち込むなんて、なかなかできることじゃないよね……いや、推奨してるわけじゃないけど、凄《すご》い情熱だなあって」

「そんな……」

頷《うなず》く桂はどこか歯切れが悪い。何か言っていないことがあるようにも見えて、千春は黙って彼の言葉を待ってみた。

唐突に、桂は吐き捨てるように言った。

「違いますよ」

何が違うのかと驚いた千春は、見つめた彼の顔がこわばっていることに気付いた。

「開店がくま弁の繁忙期と重なってるってわかった時、俺本当は少しだけホッとしたんです。もちろん、残念だなとか、悩む気持ちもあったんですけど……」

「断りたかった……の？」

千春が確認すると、桂はもどかしそうに首を振った。

「いや、なんていうか、断りたかったとか、断ろうとか、最初から考えてたわけじゃなくて……ただ、なんか、実際に想像しちゃったら……仕事変えて、製菓の方行った時のこと想像したら、怖くなったんです。バイトなら色々してきたのに、今回はどこか違ってて……」

桂は仕事用のハンチング帽を取って、手に握りしめた。

「だから、くま弁の繁忙期なんでって断った時、ちょっとホッとしたっていうか。だって、新しいこと、怖いじゃないですか。やってみたいって思ってる間はいいですけど、そうじゃなくて、それが本当のことになったら、毎日起きて、パティスリー行って、そこで働いて、帰って、寝て、また次の日も……って考えたら……俺絶対失敗するし、物覚えよくないし、榎木さんにも迷惑かけるし、失望させるかもしれないし……俺が……榎木さんみたいな一皿作れるようになれるのかって……」

新しいことを前にして、躊躇《ちゅうちょ》したり、不安になったりしてしまう気持ちは、千春にもわかった。

そうやって迷っている時に、断る理由が出てくれば、それに飛びついて、ついホッとした気持ちになってしまうのも無理はないだろう。

「……あっ、俺もう戻らないと。小鹿さんの様子見てきますって言ってきたんですよね」

「あー、うん……あの、心配いらないって伝えて……すぐ戻るから」

「はい」

桂は急いで戻ろうと襖《ふすま》を開けたが、そこで固まった。

開けた襖の先に、榎木が立っていた。

千春も桂も度肝を抜かれて、叫びそうになった。

榎木の方は気まずそうだ。今日はベージュ色の浴衣《ゆかた》を黒い帯で締めている。こうして見ると、料理人らしく髪は短く、爪も清潔に整えられていた。

「あの、こっちにいるって聞いて、ちょっと話をしようと思ってきたんだ……そしたら、声が聞こえて、話が終わってから声をかけようと思ったら……」

そうしたら自分の話だった、ということか。

「申し訳ない。立ち聞きすることになってしまった」

榎木は潔く謝った。桂は、いえ、と乾いた声を絞り出すので精一杯らしい。やはり緊張しているのだろう。この人の下で修業したいと思う相手を前にすると、彼もこんな顔をするのだなと思う。

「君には迷惑をかけたね、桂君」

「俺に？　そんなことないですよ！　どうしてそんなことを……」

「いや、君には話した方がいいと思うんだが、実は……私の店は……資金が尽きてしまったんだ」

榎木は悲しそうな顔で語った。

「あの物件を見つけた時は、運命だと思ったよ。駅から五分で、札幌の中心地からも近い。確かに古いが元の建物を活《い》かして改修すればいい店を開けそうだと思った。だが、その改修費用が思いのほかかかってね……水道管やら何やら色々問題が出てきて、あれもこれも替えなくちゃいけなくなって、随分予算をオーバーしてしまった」

「えっ……じゃあ、あの店は……」

八月オープンが無理でも、いつか開くと思って桂も協力していたのだろう。彼はショックを受けている様子だった。

だが、榎木はがばりと顔を上げ、桂の手を取った。

「いや！　せっかく君が頑張ってウェブサイトも作ってくれたんだ。それに、資金が尽きて気力も尽きたかと思ったけど、君のおかげで随分元気になったんだよ」

「えっ……俺何かしましたか……」

「美味《おい》しいお弁当をお勧めしてくれたじゃないか！」

ハッとした様子で、桂が目を見開いた。

「君が倒れたって聞いて、君が私の店を応援してくれていると言われて……それから、私も考えたんだ。こんなことでいいんだろうかって。ここまできたんだ。あと一息、頑張るよ。自分で出来ることは自分でやって、店を完成させるよ！　来月は無理だけど、クリスマスには間に合わせる！」

クリスマスケーキは大事な売り上げだろうから、その時期に間に合わせたいというのはわかる。榎木の表情は初めてくま弁に来た時よりずっと明るく、力強く見えた。

それはいくらかは、無理にそう振る舞っているのかもしれない。自信を持てない桂を、榎木は励ましたかったのかもしれない。

「本当にありがとう」

普段どこを見ているかわかりにくいぼんやりした榎木の目が、今ははっきりと桂の目を見つめていた。

桂はしばらく呆然《ぼうぜん》としていたが、我に返ると慌てて言った。

「どっ、どういたしまして！」

桂が強く手を握り返し、ぶんぶんと振ったので、榎木はびっくりした顔で笑った。

❄

蒸し暑い日々が続いても、北海道の夏なんて短いものだ。お盆を過ぎれば朝晩涼しくなり、すぐに秋風に首を竦《すく》めるような日がやってくる。

桂は体調を取り戻し、元気に店に立っている。

そして時々、くま弁が休みの日などに、榎木のところで建物の改修を手伝っているそうだ。

「心配じゃないんですか？　ちゃんと休んでいるのかなとか」

千春の問いに、ユウが答えた。

「うちが休みの日に無理のない範囲でやってるみたいですから」

確かに、最近の桂は、倒れる前のようにふらふらしているとか、極端に顔色が悪いとかいうことはない。

「そっか、桂君も、自分でちゃんと体調気を付けるようになったんですね」

「まあ……その、榎木様が手伝いに対して報酬を払うようにしたので、あちらの財布具合で行く日が結構制限される……と言ってましたね」

「……考えましたね、榎木さんも」

榎木も桂にもう倒れては欲しくないだろうし、気を付けているのだろう。

「あの、ユウさん」

「はい？」

「結局、榎木さんのお店はクリスマス開店を目指すってことになっていますけど、桂君って――」

千春はその問い掛けを中途のまま呑《の》み込んだ。ユウの表情が、少し寂しそうなことに気付いたのだ。

「……うちを辞めるにしても、事前に伝えてもらえれば大丈夫、こちらは気にしないで欲しいとは、言ってあります」

ユウはキスの天ぷらを揚げ油の中から引き上げて、そう言った。

「そうですか……」

千春は桂の様子を思い返した。生き生きとした、最近の彼の表情を思い出す。

「寂しくなりますよね。それに、実際問題、桂君いなくなって大丈夫ですか？」

「えっ？　そう……ですね、アルバイトを募集することになると思いますが……」

段取りもわかっていて、色々仕事を任せていた桂がいなくなり、新人が入るとなると、当分はユウも大変かもしれない。

「……僕は桂君を雇う時も、結構不安だったんです。誰かと働く、その相手を自分で選ぶというのは、僕も彼が初めてではありませんが、やはり心配も不安もあって、緊張するもので……でも、彼はどんどん吸収してくれて、お店にもすっかり馴染《なじ》んでくれました。すごく感謝してるし、彼が夢を抱くに至ったきっかけがこの店だというのが、とても嬉《うれ》しいんです。でも……」

ユウは眉《まゆ》を八の字にして、自信なげに微笑んだ。

「桂君が行ってしまったらやっぱりうちは困るだろうなとか、寂しくなるだろうなとか、そういうことを考えてしまって、なかなか気持ちよく彼を送り出すこともできないし、かといって、頼むから残って欲しいって彼に頼み込んで、せっかくの夢を諦《あきら》めさせることもしたくないんです。だから結局、表面的なことだけ言って、彼の決断を待っているんです」

「……桂君も不安なんですよ」

千春がそう呟《つぶや》くと、ユウはハッとしたように顔を上げた。

あっ、と千春は内心で声を上げた。桂から教えてもらった彼の不安についての話を、千春からユウにするのは憚《はばか》られた。

だから、急いで自分のことに置き換えて語った。

「ほら、新しい世界に飛び込もうかって時に、躊躇《ためら》ったり、不安になったりすることって、結構あるじゃないですか……いや、他の人はわかりませんけど、私は結構そういうのばっかりで。いっぱい気合い入れて、えいやって飛び込むと、案外なんとかなるものですけど、時には失敗することも、嫌な思いをすることもあるし……想像してしまって、やっぱり怖くなりますよ。桂君もそうじゃないかなって……想像ですけど」

「……そうですね」

ユウが深く頷《うなず》いた。とりあえず、ごまかせた……のだろうか。ユウはかなり鋭いところがあるので難しいと思ったのだが。

「桂君がどちらを選ぶかはわかりませんが、選択を待つ以外に僕にもできること、ありました。ありがとうございます、千春さん」

「ん？」

千春が小首を傾《かし》げると、ユウは微笑んだ。照れたような笑みだった。

先ほどよりは明るい表情に見えたので、千春も嬉しくなって、何が何やらわからなかったが、微笑んだ。

くま弁の定休日を翌日に控えた夜、桂はいつもより元気がなかった。

「どうしたの？　寝られてない？」

千春にそう声をかけられて、桂はぶんぶんと首を振った。

「あっ、違います。大丈夫です。ただ、……その……榎木さんのお店が……」

「！　何か問題起こったの？」

「いや、順調です」

予想外の答えに、千春は脱力しそうになった。順調なら、どうして桂がそんな顔をしているのか。

「十二月に間に合わせようと、榎木さんも頑張ってて……だから……」

言いにくそうにしている桂を見て、千春はなんとなく察した。

順調にクリスマス商戦に間に合うよう開店できたとして、桂はどうするのか。

思い悩んでいるような様子に見えるのは、彼に、まだ迷いがあるからだろう。

桂ははっとした様子で顔を上げた。

「すみません、自分のことばっかり。ご注文お決まりでしたら伺いますよ」

「あ、じゃあ、コロッケ弁当四つお願いします」

「はい、コロッケ弁当……えっ、四つですか？」

「うん」

普段一人分しか買っていかない人間が、いきなり四折も注文したものだから、桂は驚いた様子だった。

「桂君」

ユウが声をかけて、冷蔵庫からバットに載った成形済みのコロッケを出した。

「これ、揚げておいて。他は僕が準備しておくから」

「はい……」

桂は、不思議そうな顔でコロッケを受け取ったが、てきぱきと揚げ始めた。疑問はあったにせよ、慣れた様子で手元は確かだ。

くま弁のコロッケはやや小ぶりながら、分厚い。千切りのキャベツを添えたこれが弁当の仕切りの中にどんと三個入っているのがくま弁のコロッケ弁当だ。他のおかずは柚《ゆ》子《ず》胡椒《こしょう》が効いた青菜とレンコンの和《あ》え物だったり、玉子焼きや、トマトとチーズのサラダなどのこともある。コロッケとキャベツにソースをたっぷりかけて食べると、ほくほくとしたじゃがいもにソースが絡まり、さくっと揚がった衣の食感もよい。

「もう時間だから、それ終わったら上がっていいよ」

「はい」

桂は、丁寧に、油の跳ねる音を聞きながらコロッケを揚げていく。やがて引き上げられたコロッケは崩れたところもなく綺麗《きれい》な形を保っていて、全体がきつね色になって、むらもなかった。

「綺麗に揚がりましたね」

千春がそう声をかけると、桂は照れた様子で笑みを見せた。

「昔は焦がしてました」

「お店には出せないですよね」

「そうなんですよねー。焦げたところもがりがりしてて俺は結構好きなんですけど」

千春と桂は笑い合った。桂と話していると、こういうおおらかな発言も飛び出してきて楽しい。

「あ、時間過ぎちゃったよ。もういいよ、お疲れ様」

「お先に失礼します」

桂はユウに急《せ》かされ、千春に頭を下げて、奥の休憩室に入っていった。

千春はそれを見届けてから、ユウと目を合わせて頷き合い、さっと住居スペースの側から休憩室に向かった。声をかけてから襖《ふすま》を開けると、身支度を終えた桂が小首を傾げて出迎えた。

「何か……？」

桂の私服はだぼっとしたTシャツに半端丈のカーゴパンツという格好で、店に立っている姿より年下に、ともすれば高校生くらいにも見えた。

「あのー、えーっと」

実際のところ話があったわけではなくて、ちょっと彼をこの休憩室に引き留めておきたかっただけだ。考えていた話題はあったのだが吹っ飛んでしまって、千春は急いで頭に浮かんだことを口にした。

「ちょっと話したくなって。時間いいかな？　あの……ほら、桂君、くま弁で働くことになったのって、どういう経緯？」

千春は桂に座布団を勧めながら、自分も座って話をする体勢になった。

桂は躊躇いを見せつつも座布団に座って、話し始めた。

「え……いや、普通に……面接して……あ、店の前に貼り紙出てたの見たんですよね。それで……ちょうど前の会社が潰《つぶ》れちゃって、すぐに働けるバイト探してて、こういう、調理のバイトって初めてでしたけど、割と後先考えない方なんで……まかない付きって書いてあったし……」

「そっか」

「それで応募してみようって思って、電話かな、直接行ってもいいかなってちょっと悩んだんですけど、そうこうしてるうちにユウさんと目が合っちゃって。向こうから、もしかしてバイトに応募してくれるの？　って訊《き》いてきて。そのまま面接で、次の日から働くことになりました。ユウさんも、もうとにかく早く働いてくれる人がいいって感じだったんじゃないですかね、ほとんど即決でしたし」

「ううん、それはどうかな、ユウさん、そういう時結構悩むみたいだし……」

「えっ、そうなんですか？」

「そうみたいだよ。確かに必要に迫られてただろうけど、誰でもいいってわけじゃなかったと思うし、実際こうして長く続いているんだから、いい巡り合わせだったね。私も、桂君がくま弁で働いてくれてよかったなあ。なんか、そんなに主張が激しいわけじゃないけど、こっちが迷ってたりすると、さっとお勧め教えてくれたりとかするし。気が利く人だなあって思ってたよ」

「……あ、ありがとうございます」

実際、桂はくま弁の雰囲気によく馴染《なじ》んでいたのだと思う。

押しが強すぎるということもなく、親切で、気さくで、彼自身の善良さがにじみ出ているような接客だった。

桂は照れたように笑っていたが、視線を落として、少し落ち着かない様子でもあった。

「俺、あの頃はほんと何も考えてなくて、だから怖いとかも大してなかったんです。面接の時も、バイトの初日も、緊張はしましたけど、もう勢いだけで。でも、今は……」

夢が現実になることを、今の桂は恐れているのだろう。

ユウほどではなくとも、千春だって、彼がくま弁を辞めてよそに行ったら、きっと寂しく思ってしまう。

それでも、彼にとって良い選択になればいいなと思った。

決断しかねているらしい桂は、自嘲《じちょう》的に笑って言った。

「情けないですよね、こういうの」

「そんなことないよ」

目が合った時に、本当にそう思っているよということが伝わるように、ゆっくりと一つ頷《うなず》いた。桂も少しの間黙ってから、頷き返した。

その時、店舗側の戸口からユウが顔を出した。

「お待たせしました！」

ユウは弁当箱が入った袋を持っていた。

それを、桂に向かって差し出す。

「はい、これどうぞ」

「…………⁉」

驚いて、声も出ない様子の桂は、弁当とユウを何度も交互に見て、千春を振り返った。

「えっ、小鹿さん……」

「桂君と、榎木さんにって、ユウさんが作ったんだよ」

「どうして……」

呆然《ぼうぜん》とした桂の呟《つぶや》きに、ユウが答えた。

「おなか減ると思ったんだ。お仕事頑張って、それからまた作業だから」

まだ突っ立っているばかりだった桂に、ユウは袋を持たせて微笑んだ。

「中身は君がこの店で上げた成果だよ」

「せ……成果？」

桂は弁当を受け取ったものの、困惑した表情だった。

「俺は別に何もやってません……」

「じゃあ、見てみようか？」

ユウは悪戯《いたずら》っぽく笑うと、休憩室のちゃぶ台に弁当を置いた。

蓋《ふた》を開けると、仕切りのない容器に、サンドイッチが詰められていた。具材は、キャベツの千切りとソース香る揚げたてコロッケ。何しろ具材が大きいものだから、サンドイッチ二列で容器がいっぱいになっていた。ふわふわの真っ白い食パンに挟まれたコロッケの断面が見えて食欲をそそる。

「サンドイッチだ……」

ごはんを詰めた弁当だと思っていた桂は意外そうに呟いた。

「今日も榎木さんのところに行くって聞いたから。あそこで食べるなら、サンドイッチとかの方が食べやすいかなと思って」

「そうですね……」

「覚えてる？　初めてタマネギをみじん切りにしようとした時、ほとんど角切りくらいの大きさだったんだよ、桂君」

「あっ！　あー、覚えてます。そうですよね、酢豚かよってサイズ感でしたよね」

桂は照れ臭そうに笑った。

「それに、ほら、コロッケ時々焦がしてることもあった」

「あれは……時間計り忘れてて、ひっくり返してみたら焦げてたんです。すみません……そういえば、最初の頃ってキャベツの千切りもすっげえ太かったですよね俺！　短冊切りくらいあったし」

「そうだね」

桂と笑い合ったユウは、弁当に視線を落とした。

「でも、今はすごく細くできるようになって、お客様にもお出しできるようになった。コロッケだって、ほら、上手に揚がってる。中のタマネギもきちんとみじん切りになっていて、衣付けも丁寧で、成形も綺麗《きれい》だ。それ以外の野菜の下ごしらえも、とっても上達したよ」

桂はそんなふうに褒められるとは思わなかったのだろう、恥ずかしそうに俯《うつむ》いた。口がもごもごと動いている。

「俺は……なんていうか、ユウさんみたいな、情熱、みたいなもの、持てなくて……普通に、仕事してただけで……」

「うん。毎日、普通に、君なりに頑張ってくれたよね。だから、未経験から始めて、ちゃんとここまで上達したんだよ」

ユウがまっすぐに桂を見つめて語る。

「だから、きっと、よそでも大丈夫。どこにいっても、未経験の分野だとしても、君は大丈夫だよ。不安になった時は、このお弁当を思い出してごらん」

桂は弁当に視線を落としたまま、小さな声で、はい、と答えた。

それから顔を上げ、ユウを真っ正面から見つめた。

涙をこらえるような顔に見えた。

そのまま彼は勢いよく頭を下げた。

「ありがとうございました！」

千春は桂がユウの気持ちを受け止めたことを嬉《うれ》しく思ったが、同時に、寂しさも感じてしまった。

きっと、桂はくま弁を辞めるのだろうな、というのがわかってしまったからだ。


「う〜ん……」

千春はちゃぶ台に頬杖《ほおづえ》をつき、転職サイトをスマートフォンで眺めつつ、うめき声を発していた。

桂はすでに弁当を持って榎木のところに向かった。今頃はコロッケサンドを食べているところだろうか。榎木の反応を予想しつつ、千春は空腹を強く感じて、ちらりとちゃぶ台の上の弁当を見やった。ここにある二折の弁当は、ユウが千春と食べようと作ったものだ。せっかくだから一緒に食べたくて、千春は空腹を抱えてユウを待っている。いや、ユウは千春が待ちきれず食べても文句は言わないだろうが……。

煩悩を打ち払おうと、千春は転職サイトに再び視線を向けた。

すぐに、声をかけられた。

「千春さん」

「っ、はい」

　千春はびくっと反応して背筋を伸ばした。ユウが厨房に通じる戸口から入ってきたところだった。

「どうしました？」

「あ、いえ、ちょっとぼうっとしてて……お店もうおしまいですか？」

「ええ、片付け残ってますけど、先に食べちゃおうかなと」

ユウはそう言って、千春の向かいに腰を下ろした。

「待たせてすみません」

「いやあ、せっかくなので……」

じゃあ早速、と千春はスマートフォンを脇に置いて、弁当容器の蓋を開けた。

途端、コロッケのソースが香ってきた。時間が経過したせいで、コロッケは冷めて、衣がソースを吸ってしっとりしていた。それを見ているだけでそわそわしてきて、千春は手を合わせてからすぐにコロッケサンドに取りかかった。

「うわっ、パン柔らかいですね」

サンドイッチとしては厚めにスライスされた食パンを持つと、ふわふわした感触が指先に伝わってくる。パンを潰《つぶ》しそうでもったいなくてどこから食べようか迷ったが、こうして持っているだけでもパンが潰れていきそうなので、思い切って大きな口を開けて齧《かじ》りつく。ふわっ、としたパンに、たっぷりのバターが塗られ、辛子《からし》の風味も効いている。コロッケはほこほこしたじゃがいもに、多めの挽肉《ひきにく》と肉汁が絡んでジューシーだ。時間をおいてあることで、ソースを吸った衣も、挽肉にまみれたじゃがいもも、ふわふわのパンも、全体的にしっとりと混じり合いやすくなっているが、キャベツのしゃきしゃきした食感と爽《さわ》やかさがアクセントになって、さっぱり食べられる。

「美味《おい》しい……」

揚げたてコロッケも美味しいが、こうしてサンドイッチになったものもまた良い。口の中でパンも具材も一緒くたになるのがサンドイッチの魅力だ。

「キャベツの千切りが細くて口当たりがいいですね、私つい太めになって、ばりばりって食感になるんですよ」

「桂君が頑張ってくれたんですよ」

おかげでこうして千春も美味しいコロッケサンドを食べられるというものだ。

ユウは、コロッケサンドを一口、二口無言で食べた。

それから、ふと微笑みを浮かべて独り言のような感じで呟いた。

「……美味しいですね」

呟《つぶや》くユウの顔を、千春はまじまじと見つめてしまった。二重のぱっちりとした目といい、整った顔立ちなのだが、その顔に浮かぶ微笑みには多くの感情が入り交じっているように見えた。寂しさ、誇らしさ、悔しさ、喜び。そして、美味しいものを食べた時の幸福感。

「桂君が辞めたら、寂しくなりますね、ユウさん」

ユウは少しの間、言葉を考えているようだった。たぶん、大丈夫ですよとか、何かやんわりとした言葉で、千春を安心させようとして。

だが、結局、ユウは小声で呟いた。

「……寂しいです。そりゃ……寂しいですよ」

今の彼は少し困ったように眉《まゆ》を曇らせていた。

「彼が、僕のところで働いて、飲食業とか食品製造とかに興味を持ってくれたのは嬉しいですよ。若い人の未来に繋《つな》がることができて、光栄だし、誇りに思います。彼の一歩を応援したいです。でも、彼が選んだのはうちじゃなくてパティスリーで、榎木さんだったのは、寂しいです。それに困りますね。実際問題、新しい人を雇わないといけないでしょうし……いや、それはなんとかしますが……」

ユウの握った拳《こぶし》に千春が触れると、彼はふと手を開いて、千春の手を握ってきた。

ぎゅ、といつもより少し強く握り、彼は語った。

「今回は僕も桂君が揚げたコロッケを食べたくなったんです。彼の成果を確認して、僕が彼を送り出すのは間違っていないって、もう一度確かめたかったんです……たぶん」

「それに、たまには人の作ったもので、ユウさんが元気になってもいいと思いますよ」

ユウが千春を見つめた。その目元は微笑んでいた。それまでよりも、穏やかなものに見えた。

「本当は、千春さんが待っててくれて嬉しかったんです。今日、これを食べる時に一人だと、もっとしんみりしてしまいそうだったので」

「……私もですよ」

千春もそう答え、お互いちょっと情けない顔で笑い合った。

「いつか彼の作るケーキも食べてみたいですね」

ユウの呟きに、千春も頷《うなず》いた。

寂しいし、残念だが、純粋に祝福したい。

そういえば、と千春は思う。

自分も、転職を考えている。

だが、まだ今の職場にはそのことを伝えていない。

少なくとも、東京行きの辞令が出る一ヶ月くらい前には伝えたいとは思っているし、それまでに――つまり秋までに転職先が見つかっていればいいのだが。

今は職場で数ヶ月より先の話をされるたびに気まずくなるし、なかなか希望通りの転職先が見つからず焦りも出てきている。札幌はコールセンターが多く、求人もあるのだが、正社員に限定すると求人はぐっと少なくなる。こんな状態で本当に転職できるのか、不安はある。

だから、桂がユウに言えずにいた後ろめたさとためらいは、千春も共感できる。

だが、桂はそれを乗り越えられるだろうという感じがした。あのときの「ありがとうございました」が千春にそう感じさせた。

「私も、頑張りますよ」

桂の存在を、千春は勝手に心強く感じた。

少し先を行った先輩を見るような気持ちだった。

千春はまたコロッケサンドを大きく口を開けて食べた。じゃがいものほこほことした食感、ふわふわのパン、ソースの刺激、キャベツのしゃきしゃきとした歯ごたえ。すべてをひっくるめてのコロッケサンドだ。

からっぽのおなかにそれが落ちていって栄養になる。

明日《あした》から、また頑張ろうと自然に思えた。


桂は十一月いっぱいでくま弁を辞めることを決めた。

十二月からは、榎木のパティスリーで働くという。十二月の開店目指して、榎木は忙しくしていて、桂もそれを手伝いながら、今はまだくま弁で働いている。

十二月に本当に榎木のパティスリーがオープンするかはわからない……だが、今年のクリスマスケーキはあそこで買うのだと、千春はもう心に決めている。

・第二話・ ほろ酔い気分の手鞠寿司弁当

八月の終わりを待たず、北海道の多くの小学校では夏休みが明ける。

その日、自宅からくま弁へ向かった千春は、道中でトンボを見つけた。トンボは、自転車にまたがって信号待ちをしている小学生くらいの少年のヘルメットに留まり、信号が青になって彼が動き出すと、黒地に燃えるような赤い模様が入ったそのヘルメットから、まだ青い空へ飛んでいった。

十七時を回ろうかという頃だ。二人組の少年たちはゆっくり自転車を漕《こ》ぎ出した。彼らは横断歩道を渡ったところで片手を上げて別れていった。千春の前を行く少年はゆっくりとした大きな立ち漕ぎからスピードを上げて、すぐに見えなくなった。

友人との別れを惜しみつつも帰宅を急ぐその足の遮二無二な力強さに、千春は懐かしさを覚えた。北海道と東京、離れていても、こういう子どもの姿は変わらない。

千春は改修中のパティスリーの前を通り、その斜め向かいに建つくま弁へ向かう。くま弁は今日も店の外まで行列が出来ていた。夏休みも終わり、夏のイベントシーズンはほぼ終わった。イベントなどへのケータリングで忙しそうだったくま弁も一段落というところだろう。

だが、店の前の行列に千春は違和感を覚えた。いつもより乱れているように見える。

千春は立ち止まって列の客たちを眺めたが、開店直前の割にはまだメニューも回っていない。桂は、いつも列を整えつつ、メニューを回覧させ、注文を聞いていくのだが。

（桂君いないのかな）

ちょうどユウがメニューを手に店の外に出てきた。メニューを配って店に戻ろうとしたところで、客に声をかけられて質問されている。

店内から電話の呼び出し音が聞こえてきたが、誰も取る様子はない。中に人はいないらしい。

まだ並んでいなかった千春は、すっと近づいて、ユウに質問していた客に声をかけた。

「こちらの玉子焼きは一本まるごとでも売っていて、お値段は七百円です。ハーフサイズもありますよ」

「あ、そうなの」

質問していた女性は千春を店員だと思ったらしく、じゃあ、ハーフサイズ一つとサンマの竜田揚げ弁当頼むわね、と言った。千春は、はい、と答えて、ユウからメモを受け取って、書き付けた。

「あの、千春さん」

「桂君、お休みですか？　ここやっておきましょうか？　電話……まだ鳴ってますよ」

「ええと……はい、すみません！」

ユウはそれだけ言って店の中に駆け戻って行った。

そのすぐあとで、電話の呼び出し音が止んだ。電話に出られたのか、間に合わなかったのかはわからないが。

千春はメニューとメモを片手に客の間を回り始めた。先ほど客に店員と勘違いされたのは、おそらく格好のせいだろう。日中は日差しが強かったため、千春はキャスケット帽を被《かぶ》っており、服装も白いブラウスに黒いクロップドパンツで、くま弁のユニフォームである「白いボタンダウンシャツに黒いパンツ、ハンチング帽、黒いエプロン」という格好に近かった。

「ご注文お決まりですか？」

くま弁の手伝いはすでに何度か経験済みだ。開店前に客を並ばせ、注文を聞くのも初めてではない。顔見知りの常連には、また手伝ってるの？　と言われて、なんとなく照れてしまったが、そのくらいの心の余裕がこの時はあった。

この日のくま弁は、いつもと違った。

まず、昨日発売の雑誌にくま弁のことが載っていたらしく、客がいつもより多かった。次に、人手が足りていなかった。バイトの桂がおらず、オーナーの熊野《くまの》の姿も見えなかった。

だが、事情を訊《き》く余裕なんてなかった。

外で客を並ばせ、注文を聞いて回った千春は、今度は店に戻って注文を伝え、ユウが揚げたカツを切ったり、重量を量って盛り付けたりといったことをして、さらに開店してからはレジも受け持って、時々店の外で並ぶ列を整え直したりした。

千春は店を手伝ったことはあったが、今日は今まで手伝った日よりも客が多く、途切れず、しかもユウの他は千春しかいなかった。

「あの、俺、重ね梅シソカツ弁当頼んだんですけど」

「えっ」

千春は客の戸惑いの声に慌てて弁当を確認した。

重ね梅シソカツは、薄切り肉を重ねたいわゆるミルフィーユカツの間に梅シソを挟んだもので、ざくっと歯切れ良く食べられ、梅シソの風味のおかげで後味もさっぱりしている。千春も試食に付き合った夏の定番メニューで、今日はこれになすの煮物などを合わせている。夏らしい、爽《さわ》やかな弁当だ。

だが、今千春が渡そうとしたのは、一目見てどんぶりものだとわかる。容器の形が違うからだ。どう見ても、重ね梅シソカツ弁当ではない。

「あっ……申し訳ありません！」

「それカツ丼弁当？　それなら俺頼んだけど」

横から常連がそう声をかけてくれた。どの客がどれを注文したのだか、わからなくなっていたのだ。二人の客に頭を下げた。カツ丼弁当の会計の直後、重ね梅シソカツが揚がって、千春は大急ぎでそれを他のおかずとともに弁当に詰める。完成した弁当を会計し、無事に客に渡す——だが、袋を受け取ったかに見えた客が、財布を落としてあっと小さく叫んだ。

客の意識は袋から逸《そ》れて、渡し損ねた袋はそのまま床に——。

いや、床に落ちる前にさっと手を伸ばして袋を支えた人物がいた。千春ではない。黒いエプロンをつけ店員用のハンチング帽をかぶり、眼鏡をかけた三十代くらいの男性だった。

男性は客に頭を下げて袋を差し出した。

「失礼いたしました。またのご利用お待ちしております」

「あ、すみません」

客は差し出された袋を今度はしっかり手に持って、店を出て行った。

千春はそれを見送ってから下げていた頭を上げ、ほうと息を吐いた。

「助かりました、竜ヶ崎《りゅうがさき》さん……！」

「いえ、遅くなりましてすみません」

そつなく弁当を救ってくれた男性は竜ヶ崎といい、以前この店を短期間ながら手伝ったことがある。オーナーである熊野の娘婿だ。

「義父《ちち》から言われて来ました。微力ながらお手伝いさせていただきます」

「ありがとうございます、竜ヶ崎さん！」

ユウが感激の声を上げた。竜ヶ崎は眼鏡と帽子の位置を整えると、背筋を伸ばしてユウに向かって頷《うなず》いた。

「定時で退社しようと思っていたのですが、急な打ち合わせが入りまして遅くなりました。申し訳ありません」

「いえいえ、あっ、じゃあ鮭海苔《のり》弁当のご予約が入っているのでそちらからお願いします！」

竜ヶ崎は指示に従って素早く厨房《ちゅうぼう》に戻った。千春も彼を手伝って、ほうれん草の白和《しらあ》えや五目きんぴらなどの惣菜《そうざい》を量り始めた。

ようやく客の入りが落ち着いてくる時間帯になり、鮭海苔弁当を仕上げ終わっても、新しい客はやってこなかった。

千春は真面目くさった顔つきで客用の丸椅子を並べ直す竜ヶ崎のところへ行って、礼を言った。

「あの、さっきはありがとうございます。私、とっさに手が出せなくて、もう少しで落とすところでした」

「いいんですよ。あの、足下の……」

「あっ、拾います」

誰かが落としたゴミを拾ってゴミ箱に捨てた千春は、ふとユウの方を振り返った。

「そういえば、桂君、今日はどうしたんですか？」

「榎木様のお店に行ってると思います」

「あれ、どうかしたんですか？」

「改修が思ったより進まないみたいで……榎木様が困ってらしたので、桂君と話して、数日休んでまとめて作業することになったんです。それで、今日と明日《あした》がお休みです」

明後日《あさって》が定休日だから、桂は三日まとめて休みを取れたことになる。その間、榎木の店を手伝うのなら、結構作業が進むかもしれない。

だが、こちらは明らかに人手が足りていないようなのだが……と千春はいぶかしげな目でユウを見つめてしまった。ユウは困った顔で、肩を竦《すく》めた。

「熊野さんが店に立つ予定だったんですが、足を痛めてしまいまして」

「えっ、大丈夫ですか？」

「はい。あとで僕様子見にいきますから」

「あ、では私が見てきます」

竜ヶ崎がそう言って、居住スペースに通じるドアを開けて店を出て行った。

が、二階にある熊野の部屋へ行ったはずの彼は、すぐに戻ってきた。

「……とりあえず、私を追い出す元気はおありでした」

竜ヶ崎の言い方に、千春もユウも思わず笑ってしまった。

ちょうど客が来たので、全員でいらっしゃいませと迎え入れたが、やってきたのは常連の黒川だった。黒川は目を丸くして、千春と竜ヶ崎を指さした。

「えー。どうしたんです、揃《そろ》って……えっ、それ制服新調したんですか、小鹿さん」

千春は夕方店を手伝い始めた時の服はそのまま、帽子だけキャスケットから店のハンチングに替えて、エプロンを身につけていた。

「あ、これ私服にエプロンと帽子お借りしただけです。今日は桂君がお休みなのでお手伝いしてるんです」

「えっ……大丈夫ですか？　また倒れたんですか？」

「いえいえ」

とユウが事情を説明した。

「でも、今日は竜ヶ崎さんと千春さんのおかげでなんとかなりそうです」

「まあ、私は失敗ばっかりで……あんまりお手伝いって感じじゃないんですけど……」

千春はこの数時間のことを思い返し、思わずそう呟《つぶや》いてしまった。口にしてから、これはまるで慰めてもらいたがっているように聞こえはしまいか……と思い、慌てて自分でフォローした。

「あっ、いや、まあ、役に立ってないわけじゃないと思いたいんですけど、釣り銭間違えたり食材落としそうになったり注文間違えたり色々……あったので……」

だめだ。全然フォローできていないし、聞いた黒川もそれはなかなか……という顔をしている。

だが、竜ヶ崎が淡々と語った。

「それなら私も一通りのミスはしました。最初にお店を手伝った時のことですが」

言われてみれば、竜ヶ崎は不慣れな頃、注文と違うおにぎりを千春に渡したこともあった。間違いは最初こそ目立ったものの、徐々に少なくなっていって、今ではきびきび動いて頼もしい。

「新しいことはなんだって大変です。すぐにうまくいくことがあれば奇跡です。今回はたまたま奇跡は起こらなかったというだけです」

千春はこれまでにも店を手伝ったことはあるから完全に初めてというわけではないのだが、ここまで忙しいのは初めてだったし、一回や二回手伝ったくらいで慣れるものでもないだろう。自分でも頭ではわかっていたが、経験者の竜ヶ崎に言われるとずいぶん気持ちが楽になった。そうだ、気をつけてミスを減らすのは大事だが、気負って失敗するのは勿体《もったい》ない。

「ありがとうございます……」

心から千春が礼を言うと、竜ヶ崎は一つ頷いてから、黒川に向き直った。

「ところで、ご注文お決まりになりましたらどうぞお声おかけください」

「あ、サンマの竜田揚げ弁当……と、今日の炊き込みごはんってなんですか？」

「長いもと茗荷《みょうが》のごはんです」

「！　じゃあ、それで」

「かしこまりました。サンマの竜田揚げ弁当、長いもと茗荷のごはんをお一つですね。お時間十分ほどいただきますがよろしいでしょうか？」

「はーい」

嬉《うれ》しそうに黒川は返事をした。

ほくほくとした長いもと爽《さわ》やかな辛みのある茗荷は味も食感も対照的だが、夏らしい炊き込みごはんになる。注文できたら自分も同じ反応していたな……と千春は思った。

竜ヶ崎はユウに注文を通し、さらに新たにやってきた客に、千春が対応する。

そうして、慌ただしく、着実に、夜は更けていった。

❄

千春は翌日も会社帰りにまっすぐくま弁に向かった。

昨夜《ゆうべ》は我ながら散々だったが、竜ヶ崎が来てくれてからは彼の助けもあって大きな失敗はせず、少しだけ自信もついた。

だが、今日はその竜ヶ崎が出張のため来られない。熊野もまだお休みだ。

千春が昨日の帰り、今日の手伝いを申し出ると、ユウは一度は断ろうとしたが、結局桂に戻ってもらうくらいしか手がなく、最後にはわざわざ千春に頭を下げて、お願いしますと言った。

たいしたことはできないかもしれませんが、頑張ります、と千春も頭を下げた。

昼は千春も仕事があるので、店を手伝えるのは夜だけだ。日中はどうするのかと心配したが、今日は元々ケータリングはない予定だったので、仕込みだけならユウ一人でなんとかできるという。

千春は大股《おおまた》でくま弁へ急いだ。くま弁は駅から南の方向に位置する。進行方向の空はまだ明るかったが、昼間の青色は薄れつつあった。街灯には明かりが灯《とも》り、行き交う車ももうライトを点《つ》けていた。

角を曲がって、見えてきたくま弁の庇《ひさし》テントも、ライトが点いてその特徴的な熊のイラストが照らし出されている。もう開店間際だ。

千春は急いで店に飛び込んだ。

「遅れました！」

厨房の奥にいたユウが、ホッとしたような、申し訳なさそうな顔で振り返った。

その顔を見て、よし、頑張るぞ、と千春は改めて気合いを入れた。

心の準備ができていたからか、客の入りが昨日よりは落ち着いていたからか、はたまた多少は慣れてきたからか、今日は昨日よりは失敗も少なく、無難に手伝えていた。

二十時を回ったあたりで、千春はほっとした。このくらいの時間になると、今度は取り置き予約の客が増えてくるが、混雑する時間帯は抜ける。客が多いと気持ちばかり焦って失敗しがちだ。

「お疲れ様です。今日も手伝わせてしまってすみません。きつくないですか？　もう忙しい時間は過ぎてますから、ここから先は僕一人でも大丈夫ですよ」

「まだ大丈夫ですよ！」

「しかし……」

千春は社則の副業禁止を理由にバイト代を受け取っていない。バイト代を受け取れば確実に副業に当たって、言い逃れができなくなる。たった二日だし、くま弁の常連である同僚には口止めしてあるし、ばれるとも思えないが、念のためだ。

たぶん、ユウが千春の手伝いを遠慮するのは、そこも影響しているだろう。いや、店に立った千春がとんでもないミスをするのを恐れているのかもしれないが。

「何かすることありませんか？　あ、ごはんそろそろ炊く時間ですよね」

くま弁では二時間に一回は鉄の羽釜《はがま》で新しいごはんを炊く。炊き上がりを逆算すると、そろそろ釜を火にかけた方がいい。

「そうですね、じゃあお願いします。水はもう計量してあるのでそのまま……あ、失礼」

その時、店の電話が鳴り、近くにいたユウが出た。

千春は、そういえばさっきユウが米を浸水させていたなということを思い出して探す……すぐにそれは見つかった。大きなボウルにラップをかけて冷蔵庫に入れられており、米が水の中に静かに沈んでいた。すでに水は計量してあるとのことだったから、千春はそれをそのまま釜に入れ、火を点けた。何度かここで米を炊いたことがあるので、火加減はわかっている。それでも注意深く火力を調整し、タイマーで時間を計っておく。

「あ、やっときましたよ、ユウさん」

「ありがとうございます」

電話を置いたユウが礼を言い、火力を確認する。また新しい客が来たので、二人ともそちらに声を揃えて挨拶《あいさつ》した。

そして──。

「……あっ」

火を消し、蒸らしたごはんを混ぜようと釜の蓋《ふた》を取った時、ユウはそんな声を上げた。

千春は何事かと振り返った。米を炊き始めてからもう数名の客が弁当を買って帰り、今はまた千春とユウの二人だけになっていた。

「どうしましたか」

ユウは千春の問いかけに困ったような顔を向け、冷蔵庫を急いで開けた。冷蔵庫にはいくつかのバットが並んでいる。完成品の惣菜《そうざい》類だ。ユウは冷蔵庫内の一点を指さした。

千春が炊いた米のボウルが入っていた辺りだ。

「ここにあったお米を炊いたんですか？」

「はい……あの、何かまずかったですか？」

「……実は、ここにあったのは寿司飯《すしめし》用のお米なんです」

「え……えっ⁉」

ユウは二つ並んだお釜のうち、千春が使わなかった方を開け、言いにくそうに説明した。

「あの、今日使う用の米は、もうこっちの釜にセットしてあったんです。冷蔵庫に入れておいたのは、明日《あした》のケータリング用のもので……」

確かにユウが開けた釜の中には昆布とともに米が浸されあとは炊くだけになっている。千春は取り返しのつかない失敗を悟って、血の気が引くのを覚えた。

「す……すみませんっ！　私が……」

「あ、いえ、僕もはっきりと指示しなかったので」

くま弁では普段は寿司飯を使うような弁当は作らないが、時にはケータリングで注文が入って稲荷《いなり》寿司や巻き寿司などを作ることがある。元々熊野が若い頃寿司職人をしていたので、そちらはお手の物らしいし、ユウ自身もちらし寿司など作ることがある。

ユウは浸した米が入っている方の釜を火にかけた。

「寿司飯は改めて洗って浸水すればいいんですし……」

「でも今炊けた寿司飯の方は……」

くま弁は、一日の中でも何度もこまめに米を炊く。前日のごはんは味が落ちているからと、使うことはない。

千春が恐る恐る問いかけると、ユウは困り顔で微笑んだ。

「取っておいて自宅用で消費しますよ」

「！　すみませんっ、買い取らせてください……！」

「えっ？　そういうわけにはいきませんって！　あ、じゃあせめて今日のまかないに使いますからいっぱい食べていってください」

寿司飯は大量にあったが、千春は食べ切るつもりで大きく頷《うなず》いた。

「わかりました。せめて食べてお詫《わ》びさせていただきます……」

「いや……食べ切らなくていいですしお詫びとかもいいですから……」

ユウが困惑気味に言った。

その時自動ドアが開いて客が入ってきた。いらっしゃいませ、と声をかけながら千春は新たな客を見て緊張した。三十前後くらいの男性客で、ワイシャツにスラックス姿で、スーツのジャケットは片手に抱えている。赤字に白で店のロゴが入った紙袋を提げ、明らかに足下がふらついている。夜の営業だから飲んでいる客は珍しくないが、ここまで酩酊《めいてい》していると扱いが難しそうだ。

男性は首まで赤くして、眠そうに目を擦《こす》りながら、店に転がり込むように入ってきた。そしてふらふらとカウンターにやってくると、肘《ひじ》をつこうとして目測を誤り、千春が手を貸す前にその場に尻餅《しりもち》をついてしまった。

「あらら」

客はとぼけたことを言っているが、かなりの酩酊状態だ。千春は急いでカウンターの向こうから駆け寄り、助け起こそうとしたが、ユウが先に腕を伸ばし、その男性客の体を支え、とりあえず店内の丸椅子に座らせた。弁当を注文した客が座って待つためのものだが、今はどのみち他に客はいなかった。

「すみませんね」

客はにこにこ笑って千春に頭を下げた。

「あのね、ここの……なんだっけ、そう、お弁当が美味《おい》しいって聞いたんです」

「それはありがとうございます！　ご注文はお決まりでしょうか？」

「えっとですね、まだですね。あのー……はい」

客は一瞬目を閉じ、すぐにまた開いて、そうそう、と言った。

「そう、うち、妻がね、いや、それはもう、美味しいって、気になるって。それでですね、妻のために、一つ……魔法の弁当ってやつを……」

「あ、注文弁当でしょうか？　魔法の弁当というのは商品名では……」

「知ってます、そう、あれだ、雑誌とかテレビとかで紹介される時の文言なんですよね、はい」

「ご存じでしたか」

千春はホッとした。この酩酊状態の客に説明し納得してもらうのは骨が折れそうだった。

「それではどのようなお弁当にいたしましょう？」

「ええ～と……こう……妻に、妻に……喜んでもらいたい……です」

素敵な発言だ――と他の状況なら思っただろうが、何しろ千春はその言葉から作るべき弁当を読み解かねばならない立場だ。

千春はユウとちらと目を合わせた。ユウも少し困った様子に見えたが、微笑んで、客のそばに膝《ひざ》をついた。

「わかりました。どのようなお弁当なら喜んでいただけるとお考えでしょうか？」

「ううん……うん……そうですねえ、なんかこう……こう……」

しばらく目を閉じ、客は考え込む様子を見せた。それから、ぽつりと呟《つぶや》いた。

「わかんないなあ……何がいいんだろ……」

その言葉の響きには戸惑いが感じられた。途方に暮れているように感じられ、千春も一緒に困ってしまった。

「お客様、もし今思いつかないのであれば、今日はタクシーお呼びしますので、お帰りになって、また後日ご来店いただいて、お作りすることもできますよ」

ユウは穏やかな声でそう言った。確かにこの状況の客に無理に注文させると、後々覚えていないなどの問題も出てきそうだ。

「んん……ううん……でも……」

客は目を閉じたまま腕を組んだ。しばらく考え込んでいたかと思うと、急に――すう、すう、という寝息が聞こえてきた。

彼はうつらうつらと船を漕《こ》いでいた。

「あっ……お客様、危ないですよ、椅子から落ちてしまいます」

ユウが傾《かし》いだ身体を支え、千春が声をかけた。

男性はそれでうっすら目を開けた。

「あの……すごく眠くて……ちょっと寝させてください……」

男性はそういうなり、また目を閉じてしまった。

「お客様！」

さらに何度かユウも呼びかけたが、その後は一向に目を開ける気配もない。千春とユウは顔を見合わせた。千春は心配になって言った。

「……あの、この人救急車とか呼ばなくても大丈夫ですか？」

「うーん、正直どれくらい飲んでるのかもわからないですし、心配ですが……」

ユウが男性の呼吸や脈拍などを確認したが異状はなさそうで、男性は特に変ないびきをかくわけでもなく、普通に寝ているように見えた。

「ひとまず、奥に運んで横になっててもらいましょう。様子を見て声をかけて、タクシーお呼びしましょう」

「そ、そうですね」

ユウが男性の脇の下に肩を入れて、千春も倒れそうになる身体を支えて、なんとか二人で奥の休憩室に運んだ。畳の上に寝かせる時にちょっとふらついてどしんと置いてしまったが、本人は口の中でもにゃもにゃ言っただけでまた落ち着いた寝息をたて始めた。

千春は座布団を折って眠る客の頭の下に置いてやり、気持ちよさそうに眠る客を困惑のまなざしで眺めた。

「じゃあ僕が見ていますから、お店行っててくれますか？」

「えっ、いいですけど逆の方が良くないですか？」

千春は盛り付けとレジを主に受け持っていた。カレーを盛り付けるくらいならともかく、千春一人でカツを揚げたりはできないから、客が来たらユウを呼ばなくてはいけなくなる。それよりは、千春がここでこの客を見ている方が良さそうな気がしたのだ。

「しかし、あの、酔った男性のお客様ですので……」

ユウは、千春が女性だからそう気遣ってくれているのだろう。

だが、何しろ相手は寝ているだけだ。

「大丈夫ですって。起きたらユウさんに声かけますから」

千春にそう言われ、背中を押されて、ユウは結局厨房《ちゅうぼう》に戻った。

「起きたら必ず声かけてくださいね」

そう言い残して。

「心配症だなあ……」

千春はそう独りごち、休憩室の座布団の上に座った。すぐそばの畳の上に客が寝ている。

じっと見ているうちに、千春はあんまり静かなので、本当に生きているのか心配になって、そっと鼻の近くに手をかざした。……よくわからない。

千春は相手の顔を覗《のぞ》き込んだ。

すると、何か気配でも感じたのか、突然客が呻《うめ》き声を発して寝返りを打った。そのせいでそばに置いていた紙袋が倒れて、中身が畳にこぼれ出た。可愛らしいラッピングがされた箱だった。

ついでに、スーツのジャケットが客の身体の下敷きになった。

「あっ、ジャケットが皺《しわ》になりますよー」

声をかけるが、客は何事か呟くばかりで目を開ける気配はない。千春は仕方なく、相手の身体を転がして、ジャケットを引っ張り出そうとした。小柄な千春には男性客は重かったが、なんとか押して、身体の下敷きになった彼のジャケットを引っ張り出す。

うまくいき、千春はほっとして、ジャケットを畳み直そうとした。

その時、散々押されたり転がされたりした客が、ようやくうっすら目を開けた。

彼は千春を見た。ぼんやりとしてまだ眠そうな目をしていたが、目を擦り、身体を起こした。

「ウタコさん……何か、あなた……ふわあ……小さくなってませんか？」

「はい？」

「ん？　ウタコさんじゃない……あれ、コンタクトが……あ、いたたた！」

男性は目を擦ったせいで、コンタクトがずれてしまったらしい。変なところに入り込んだコンタクトを元に戻し、男性は赤い目で千春を見て、きょとんとした表情を浮かべる。

「どちらさまで……？」

「あの……ここはくま弁という弁当屋で、私はお店の……店員です」

正確には店員ではないが、そう言った方が通りがいいだろう。

「……くま弁……」

しばらくぼんやりして、目を擦《こす》ったり、あくびをしたりした末、男性はやっと理解したのか、ああ、と声を発して目を丸く見開いた。

「そっか、くま弁だ。くま弁に来たんでした。これは失礼を……ウタコって、妻でして……。改めて……あの、エビザワと申します。このたびは、ふあ……」

あくびをかみ殺してから、彼は失礼しました、と言って頭を下げたが、やっぱりまだふらふらしている。

それから彼は何か捜すように周囲を見回し、千春が抱えていたジャケットを見つけると、それを受け取り、ポケットから名刺入れを取り出して、名刺を一枚千春に渡した。

名刺によると、エビザワは海老沢と書くらしい。

「何か、あの、粗相など後からわかりましたら、携帯にご連絡ください……」

そう言って、再び頭を下げるが、やはりなんだかふらふらしていて、目も焦点が合っていない。彼は何度も目を擦っている。

「あ、はい、ご丁寧にありがとうございます……とりあえずお店は大丈夫ですよ。でも、お身体もう大丈夫ですか？」

「はあ、休ませていただいて、少し楽に……」

そう言いながらも、男性――海老沢はあくびをかみ殺した。まだまだ眠そうだ。

意識は戻ったものの、まだ目などはぼんやりしているし、酔いは醒《さ》めてはいない様子だ。

「あ、タクシーお呼びしましょうか？」

「えっ、でもお弁当……」

言いかけて、海老沢はちょっと悲しそうな顔をして言い直した。

「いや、今日は帰った方がいいですよね……」

千春は、海老沢が妻のために弁当を買おうとしていたことを思い出した。買わずに帰るのは残念だが、こうも醜態をさらしては帰った方が良い……と思ったのだろう。

「あの……奥様は、どんな方ですか？　食べ物の好みなどございますか？」

あんなに酔っていたし、今もひどく眠そうだから、もう今日は帰ってもらった方が良いのではとも思ったが、千春はついそう尋ねていた。

「えっ、そうですね……えっと、特に嫌いなものはなくて……」

「では、最近はまっている食べ物など……」

「はまっている……」

しばらく考えた末、彼は、ああ、と呟《つぶや》いた。

「そういえば、よく夜中におにぎりを食べています」

「えっ？」

どうして夜中におにぎり……？　と思った千春は、思わずそう聞き返していた。海老沢は説明した。

「実は赤ん坊がおりまして……妻は夜中の授乳で空腹になるらしく、おにぎりなら片手で食べられるので……こう、授乳しながら……」

「大変ですね……」

母乳は母親の身体が作り出しているのだから、当然カロリーを消費しているだろう。考えてみれば、夜中の授乳で空腹を覚えるのは当たり前だ。

「夜は交代で、私がミルクをあげることもあるんですが、妻は昼間も子どもを見ていて授乳も頻回だし、どうしても彼女の負担が大きくて、それで……こういうふうに私だけ飲みに行くのも悪いなとは思っていて、せめて何か、喜ぶものを買って帰りたかったんです」

なるほど。少々飲み過ぎて予定が狂ってしまったようだが、その気持ちは奥さんも嬉《うれ》しいのではないかな、と千春は思った。

「ここで少々お待ちいただけますか？」

とにかくユウと相談しよう。千春は海老沢にそう言い置いて、厨房へ向かおうとした。

だが、千春が厨房に通じる戸口を潜った時、あっ、と海老沢が大きな声を上げた。

どうしたのかと千春は振り向いた。

海老沢は、蒼白《そうはく》な顔でジャケットを握りしめていた。

「お……お金がない……です……」

「えっ」

「どこか、どこかに置きましたか？　このジャケットのポケットに入れてたんです……」

「す、すみません、私は知りません……」

海老沢はかなりうろたえた様子だ。千春も一緒に周囲を捜し回り、海老沢が持ってきた紙袋の中も覗いたが、見つからない。

「あああ〜、どうしよう……！」

「どうされましたか？」

海老沢の声で気付いたのか、ユウが厨房から休憩室に戻ってきた。

「お金が見つからない……」

深刻そうな様子の海老沢を見て、ユウは彼の後ろ、ちゃぶ台の下を指さした。

「その下にお財布ございますよ」

「えっ」

海老沢と千春が揃ってちゃぶ台の下を覗き込むと、指摘通りそこに革の長財布が落ちていた。

「あっ、あああ〜……いや、違うんです、これは私ので、たぶんズボンの方のポケットから落ちたんですが、なくなったって言ったのはこれではなくて……」

「違うもので？」

「ジャケットに入れてたんです。あの……なんだっけ、封筒みたいな……封筒じゃない……やつに入ってて……」

「では、失礼ですが、同じようにどこかに落とされた可能性もあるのではないでしょうか。ジャケットはお客様が来店された時から手に抱えていらっしゃいました。おそらく、飲酒によって暑く感じ、どこかで脱いだのでしょう。脱いだジャケットを抱えているうちに、そこから落ちたとは考えられませんか？」

「そう……そうかも……でも、どうしよう……」

「とりあえず警察に届け出るのは……」

「そうですね……」

海老沢は捜していたものが見つからずがっくりとうなだれてしまった。ユウがそばに膝《ひざ》をついて、最寄りの交番への行き方などを教えている。

「私、ちょっと外見てきますね」

千春はそう言って、休憩室を出た。

だが、店の前にも、店の中にも、それらしいものはなかった。海老沢が座った椅子の辺りは特によく調べたが、見つからない。

封筒のようなものに入った……と言っていた。うろたえ方からして、かなり大金だったか、大事なお金だったのだろう。とにかく、交番にでも行って遺失届を出すことになるだろう。せっかく奥さんを喜ばせようとして来たのに大変なことになってしまい、千春は海老沢に同情した。

「外にもありませんでした……あれ？」

千春は休憩室に戻ってユウと海老沢にそう報告した……が、迎えてくれたユウは情けない顔で千春を見た。海老沢の方はユウの足の上にのしかかるようにして寝ていた。

「え……また寝ちゃったんですか？」

「はい……最初はまたうとうとしてらっしゃったので、横になってもらったんですが、あの……足を抱え込まれてしまって……」

驚いて覗《のぞ》き込むと、確かにユウは膝の辺りを海老沢の腕でしっかり抱え込まれている。ユウもその腕を外そうとはしているのだが、姿勢が悪いのか、ユウが優しいのか、うまく外せずにいる。

海老沢の寝息は穏やかで規則的だ。ただぐっすり熟睡しているだけのように見える。

「海老沢様」

一応声をかけてみたが、そのくらいでは起きる気配もない。

「あと、えーと……お弁当は、やっぱり無理ですよね……」

千春がひとまず海老沢をそのままにして問うと、ユウがやはり困り顔で答えた。

「申し訳ないんですが、今回はお帰りいただく方がいいかもしれませんね。詳しいお話を伺おうにも、こういう状況では……」

海老沢は寝てしまっているし、酔っ払っている。何を作るべきなのかもわからない。

時間も遅くなってきて、食材だって豊富とは言いがたい。残っている弁当も、ほとんど取り置き予約の客の分だ。

「そうですよね……」

千春は相づちを打ちながら、弁当を諦《あきら》めた時の海老沢の悲しそうな顔を思い出した。もちろん飲み過ぎて酔い潰《つぶ》れた彼の責任なのだが、それでも、奥さんに何かお土産を、という彼の考えは、ごまかしとかからくるものではなく、嘘偽りのない厚意からくるものに思えたのだ。

だが、その時はたと、そういえば奥さんについての話を聞いたのは自分だけなのだと気付いた。

海老沢の気持ちを知らされているのは、千春だけ。

彼の気持ちを汲《く》めるのは、千春だけなのだ。

「……あの、私お話伺ったんです。ですから、何かご用意できないか、食材見てきます」

千春のその申し出を聞いて、ユウは驚いて聞き返した。

「えっ、いや、しかし……」

「ユウさんはここで待っていてください」

どのみち誰かそばについていないと、酔った客を一人にしておくのも怖い。吐瀉《としゃ》物が喉《のど》に詰まったりすることだってあるのだ。

千春はユウと海老沢を残して厨房《ちゅうぼう》に入り、冷蔵庫を確認した。弁当用の惣菜《そうざい》が何種類か残っているが、これはおそらく予約取り置き分だから使えない。

「あ、そういえば給湯室にも冷蔵庫あったっけ」

千春は呟いて、いったん引き返して休憩室奥のミニキッチンに行った。そこにも小さいながら冷蔵庫があって、店用ではない冷蔵品とか、飲み物とかが置いてある。

「うーん……あっ、お刺身だ」

声が聞こえたらしいユウが、休憩室から説明してくれた。

「お刺身は今日熊野が知人からもらったやつです。食べきれないので冷凍しようと思ってたのを忘れてました」

なるほど。他にも冷蔵庫には野菜や漬物、あるいはつまみ用らしいチーズ、スモークサーモンなどが入っていた。

「そちらはどうですか」

千春はミニキッチンから出て休憩室を覗き、ユウにそう話しかけた。

ユウは困り顔で微笑んだ。まだまだ海老沢は目覚める気配はなく、ユウの足に腕を絡めている。

「さっきから起こそうとはしているんですが……」

「うーん、酔ってるだけじゃなくて実は睡眠不足なんじゃないですか？　ほら、さっきも赤ん坊の授乳の話をしてて……」

言いかけて、千春はふと考え込んだ。千春は妊娠出産の経験はないが、すでに出産している友人が苦しんだのが、夜泣きと夜中に及ぶ頻回授乳だった。親は眠いのに赤ん坊は寝てくれない、泣いてミルクや母乳を求める。頻回授乳のせいで乳首が切れ、ミルクも調乳や消毒に手間がかかり、かと思えば満腹のはずなのに寝ない……特に生後すぐは授乳の回数が多くて本当に大変だったと話していた。状況からして、海老沢の子どもも生まれて間もないのかもしれない。

そして、財布はあるが『お金』をなくしたという海老沢の発言。封筒のような、だが封筒ではないものに入れたそれをなくしているという。お金を入れた封筒というと現金書留が思い浮かぶが、封筒ではないなら違うだろう。次に浮かんだのはお年玉のポチ袋だ。もちろん今はお年玉という季節ではない。

生後間もない赤ん坊、現金入りの封筒様の何か――。

「あっ、ああ……もしかして……」

「千春さん？」

「ユウさん、私思いついたことあるんで、ちょっとここでその人見ててください！」

「えっ、千春さん⁉」

頭には海老沢の顔がちらついていたので、力になれるかもしれないと思うと興奮してしまった。

ユウを置いて、千春はまた厨房へ戻り、釜《かま》の前に立った。先ほど火にかけたごはんはまだ炊けていない。

千春は隣の釜の蓋《ふた》を取った。

十分蒸らされた寿司飯《すしめし》用のごはんが、そこある。

千春は休憩室の方に駆け戻り、勢い込んでユウに聞いた。

「あの、お寿司はどうでしょうか⁉」

「お寿司……ですか？」

「はい。ちょっと思うところあってですね、お寿司、作れないかなあって……ほら、前にユウさんが作ってたちらし寿司みたいなものを……」

「ああ、そうか、さっき寿司飯用のごはん炊きましたもんね。でも、材料が……」

「あ。お刺身足りないですよね……」

刺身があるとは言っても、ホタテとエビだけだ。海鮮ちらしを作るには少し物足りない気がする。

その時、廊下に通じる襖《ふすま》を開けて、熊野が姿を現した。

「なんだい、でかい声出して」

千春は驚いてしまった。熊野は足首を捻《ひね》って階段の上り下りもきついはずだ。

「熊野さん！　大丈夫ですか、足……」

「ああ、小鹿さん、手伝ってくれてるって？　悪いね、仕事あるのに」

「あ、いえいえ……それより、ほら、座ってください」

ユウは熊野に手を貸そうとしたが、相変わらず海老沢が足に絡みついているのでできない。

千春が手を貸すより早く熊野は座布団に腰を落ち着けた。捻ったのは右足らしく、やはりまだ庇《かば》うような動きをしている。

「それで、その人……お客さん？」

「はい……たぶん……」

ユウは自分の足にしがみつく海老沢を見下ろし、曖昧《あいまい》に答えた。

「寿司がどうしたって聞こえたけど」

「あ！ それなんです。お寿司を作りたいんですけど、ユウさんがこういう状況で……」

「寿司なら俺がやれるぞ」

その時、ちりんちりんと呼び鈴を鳴らす音が聞こえた。慌てて店に戻ると、取り置き予約の客が来ていた。

「お、お待たせしてしまい申し訳ありません！」

千春は急いで弁当の準備にかかった。熊野がちょっと足を引きずりながらも出てきて、取り置き内容を確認する千春の話を聞いて、クリームコロッケを揚げ始める。

しばらく後、完成した弁当を客が受け取り、会計を終え出ていくのを見送って、千春はふうと息を吐いた。

「ありがとうございました」

「それで、寿司ってどういうことだい？」

「あ、実は先ほど……ほら、休憩室のお客様が……」

千春が事情を説明すると、熊野は最後に、なるほどねえ、と呟《つぶや》いた。

「それで寿司か」

「はい、やっぱり『こういうの』って、お寿司かなあって……」

「嬉《うれ》しいこと言ってくれるね」

「え？」

熊野が、照れたように笑って禿頭《とくとう》を撫《な》でた。

「元々寿司屋で修業してたからね。『そういう』場面で寿司って言ってもらえると、嬉しいよ。じゃあ、まずは寿司飯だな」

「あっ、はい……でも、あの、足大丈夫でしょうか？」

「大丈夫だって、なんだい小鹿さんまで、ユウ君並みの心配症だな。もうずいぶんよくなったんだからさ。昨日はまだ腫《は》れてたけど、今日は腫れも引いてね」

そう言って、熊野はしゃもじを手に取った。


……だが、結局それから十分後、熊野は厨房に椅子を置いてそこに座っていた。

寿司桶《おけ》を抱えて厨房を移動しようとしたところ、足首をまた痛めたのだ。

「大丈夫ですか……？」

何度目かのその台詞《せりふ》を言って、千春は熊野を覗《うかが》った。熊野は忌々《いまいま》しげに自分の足首を睨《にら》み付けていたが、ため息をついて千春を見上げた。

「しゃあねえな、こりゃ。これ以上何かあったらユウ君に布団に縛りつけられちまう」

「はは……いや、まあ……」

そこまではしないだろうが、ユウとしても心配なのだろう。今も休憩室で客の腕から足を引き剝《は》がそうとしているユウを思い、千春は笑い話にもできなくなった。

「それじゃあ、ええと、どうしたらいいか教えていただけませんか？」

「……なんだって？」

熊野が素《す》っ頓狂《とんきょう》な声で聞き返した。

「あの……お寿司、作り方を教えてください」

千春は自分はそんなにおかしなことを言っただろうかと思いながら、同じ意味の言葉を繰り返した。

「いや、いきなり握り寿司は無理だと思いますけど、ほら、家庭でもできるようなものあるじゃないですか。……あ、そっか、でも家庭でできるものじゃだめかな……」

千春は調理の技量において優れているわけでは決してない。それを考えると、自分の要望はかなりの無茶ぶりに思えてきた。

だが、熊野は頷《うなず》いた。

「そうだな。いや、やってみよう。寿司ったって握り寿司ばっかりじゃない。家庭で作られて郷土料理として伝えられてきた寿司だってあるんだ。良さそうなのを一緒に考えてみよう。椅子に座ったままで良ければ俺も手伝えるしな」

千春はほっとした。熊野が力を貸してくれるのなら、なんとかなる気がした。なんとか、やってみよう。ユウは動けないし、海老沢から話を聞いたのは千春なのだ。

「はい、お願いします！」

つい力が入って声が大きくなった。

いい返事だな、と熊野は笑った。


清潔なガーゼに刺身と具材を載せる。ガーゼごと絞ると、ころんとした丸い寿司ができあがる。茹《ゆ》でたエビの色合いが美しい、手鞠《てまり》寿司だ。

茹でたエビ、ホタテとシソ……などの他に、スモークサーモンとアボカドのものも作ったし、冷蔵庫から熊野が出してきた昆布締めの鯛《たい》も使えたので、かなり華やかになった。それに加えて椎茸《しいたけ》の煮物を載せたものもあり、味の変化も楽しめる。

最後に玉子焼きとショウガの甘酢漬けを添えて、完成だ。

熊野が座りながら作ってくれたものが多く、結局かなりの部分をやってもらってしまったなあと思う。千春は完成品を前に、その美しさと完成度に感動しつつも、力不足を残念に思ってしまっていた。

「なあ、小鹿さん」

熊野は椅子に座ったまま、千春をじっと見上げて言った。

「どうして、作ろうって思ってくれたんだい？」

突然、真面目な問いを向けられて、千春は戸惑いの声を上げた。

「え？　どうしてって……」

「だって、小鹿さんはこの店の従業員じゃないだろう。副業になってしまうからって、給料だって受け取ってくれないって、ユウ君言ってたよ。それを、どうしてこうまでやってくれるんだい？」

「それは……」

千春は言葉を探し、自分の心の中を覗《のぞ》き込んだ。ユウのことが好きだから尽くしたいのだろうか？　良い人だと思われたいとか？　色々な可能性をしばらく考えた末、千春は一番しっくりきた答えを口にした。

「私は、くま弁にお世話になってきたので……恩返し、みたいなつもりなんです」

「お世話って……そりゃ、客なんだから、弁当作るのは俺たちの仕事だよ」

「そうなんでしょうけど、ほら、私毎日元気にしてもらってるから、今回のお客様も、美味《おい》しいもの食べて、元気になれたらいいなと思うんです。まあ、たいしたことしてないのは自分でもわかってますけど、でも、ちょっとでも、その助けになればと思って」

「そうか」

熊野は千春が弁当に蓋《ふた》をするのを眺めながら、ぽつりぽつりと語った。

「何度か話したけどさ。ユウ君はさ、この店来たばっかりの頃は、もっとこう、投げやりな感じでね。この子大丈夫かなって、正直かなり心配になったんだ。それで色々気になって……でも、たぶん、ただ気になったとか、心配になったってだけじゃなくて、俺はユウ君がなんか好きだったんだよ」

こんなふうに言うとさすがに照れくさいな、と熊野は呟いた。

「だって、ユウ君はさ、傷ついて、斜《はす》に構えてるって感じだったんだけど、それでも、やっぱり料理が好きなんだろうなっていうのが伝わってきたんだ。そりゃ俺だって料理は好きだよ、でも仕事だからね、そりゃあまあ、色々あるよ。だんだんね、体力も落ちてきて、店畳もうって思ってた頃だったし……さすがに若い頃みたいな情熱もなくなったなって思ってたんだよ」

千春にはその話は意外だった。身体のこともあるし引退を考えていたのはわかるが、気力も落ちてしまうものなのか。熊野は今でも、店に立つ時は丁寧な仕事ぶりで、さっきのクリームコロッケだって黄金《こがね》色に美しく揚げていたものだから、千春としては揚げたてを今すぐ食べたいという衝動に駆られたくらいだ。

だが、確かに、仕事に手を抜かない熊野だからこそ、少しの衰えを受け入れがたく、引退しようと考えるようになったのかもしれない。

「そこにさ、ユウ君だよ」

不意に熊野の声が明るくなった。

「もう、苦しくて、辛《つら》くて、悩みまくってた頃のユウ君だよ。彼の悩みってのは家族と料理についてのものだったけど、苦しみの元になってても、やっぱり料理への情熱が感じられてさ。俺にもその熱が移っちまったんだ。もう少し、この子のためにも、店をやってみようかなってね。そう、そう思えるくらい、彼のことが気に入ったんだ」

当時を語る熊野は口元に笑みを浮かべていたが、少し寂しそうにも見えた。

「でも、やっぱりちょっと遠慮がちなところはあってね。愛想はいいけど、人と深く付き合うのは避けているみたいなところもあった」

ユウは父の死後叔父《おじ》と揉《も》めている。

身内との死別、さらに引き続いて起こった決裂が、彼の心にどんな影響を与えたかは、想像することしかできない。

だが、不意に熊野は、その笑みの種類を変えた。おかしそうな声が漏れる。

「それがさ、小鹿さんと出会ってから、ユウ君、変わったんだ。積極的になって、俺も安心して見ていられるようになった。これから先も……店の方は、もうずいぶん前にユウ君に譲ろうと決めてるんだけどね、ユウ君にも言ってあるし、いつどうやって譲ろうかってくらいで……ああ、話が逸《そ》れるな。なあ、小鹿さん」

「はい……」

「ユウ君のことは、小鹿さんに頼めたら、俺も安心できると思うんだ」

その言葉は、千春の胸に強く響いた。

熊野の口元は笑っていたが、真面目な話だというのは千春にもよくわかった。

「いや、もちろん、俺が言うようなことじゃないと思うよ。オヤジでもねえのにさ……」

「あっ、あの」

千春は熊野にそれ以上言わせる前にと、急いで言った。

「私、何ができるってわけじゃないかもしれませんけど……でも、ユウさんと一緒に生きますよ。大丈夫……ユウさんのことは、大丈夫です。私がついてますから！」

力がこもるあまり、なんだか変な言葉を口走った気もしたが、熊野は嬉《うれ》しそうに、少し眩《まぶ》しそうに、笑ってくれた。


「お待たせしました〜」

千春がそう言って休憩室に戻ると、ユウの足にしがみついていた海老沢が、ふがっ、と変な声を上げて身じろぎした。海老沢を引き剥がそうと苦戦していたユウは、その瞬間に力を入れて、うまく彼の腕を自分の足から離すことに成功した。

「や、やった！」

ユウの嬉しそうな声を聞いて、千春は彼の苦労を察した。

急に足が抜けたせいで、海老沢の頭はがくりと座布団の上に落ちた。それがまた衝撃となったのか、海老沢はもう一声、うう、と呻《うめ》いて、ついに目を開けた。

部屋の眩しさに目を細めながら、彼は四《よ》つん這《ば》いのまま、いぶかしげな顔で周囲を見回した。しばらくして、座布団の上に尻《しり》をつけて身体を起こし、ぼんやりとした目でユウを見やる。

「どうも……？」

「ど、どうも」

ユウはもうしがみつかれないよう、不自然な距離を取っていた。

「覚えていませんか？　ここがどこかわかりますか？」

千春が声をかけると、海老沢は数秒虚空を見つめ、それから、額を手で押さえた。

「あ……すみません、そうか……はい、わかります……大丈夫です……」

「水飲むかい？」

熊野が声をかけたので、ユウが慌てて水をコップに満たして持ってきた。海老沢は礼を言って受け取り、最初はほんの一口、それから凄《すご》い勢いで飲み干した。

それから千春や熊野、ユウの顔を順繰りに見ると、ふらつきながら畳に手をついて頭を下げた。

「す……すみません、覚えてます……あの、二度も寝入ってしまって、ご迷惑を、おかけして……お恥ずかしいです……こんなにしたたかに酔ってしまって」

彼は身体を小さく縮めるようにして正座していた。まるでこのまま消えたいとでも思っているかのようだ。

どう声をかけたものかと千春は言葉を探したが、先に熊野が彼のそばに膝《ひざ》をついて、話しかけた。

「あんまり眠れてないんじゃないかい？」

「あっ……はい……」

海老沢は恥ずかしそうに言った。

「実は、子どもが夜まだ結構起きるので……」

「あんたも起きて世話しているのかい？」

「はい……」

「睡眠不足で体調がよくなくて、同じ酒量でも酔いやすかったのかもしれないしね。どうだい、気持ち悪くはないかい？」

「だ、大丈夫です。でも……酔っ払ってこんな醜態さらすなんて、人の親になったのにお恥ずかしいです。こんなふうにはなるまいと思っていたのに……いるじゃないですか、そうやって遅く帰って、ろくに子どもとも触れ合わないで、嫌われてしまうっていう……そうなるのは、いやだったんです」

「あー……」

海老沢の話す父親像はステレオタイプすぎて完璧《かんぺき》に当てはまるような人間は千春の周りにはいなかったが、そういう要素を持つ親はそれはまあいるだろう。

「私、その、父親のロールモデルがそばにいなくて……自分なりには頑張ってたんですけど……」

ずずっと彼は洟《はな》をすすった。泣き上戸で、と彼は呟《つぶや》いて眦《まなじり》に溜《た》まっていた涙を拭《ぬぐ》った。

「妻に何か買って帰りたいっていうのも、今回のことで罪悪感抱いていて、それをごまかしたいからなんです、たぶん……」

「いや、そこまで言わなくても……」

千春は思わずそう言ってしまった。千春から見ても結構な醜態だったとは思うが、せっかくの妻への厚意ぐらいは素直に自分で認めてもいいのではないだろうか……。

その時、はっと千春は思い至った。千春と彼には共通点があった。千春は勢い込んで叫んだ。

「あ、新しいことはなんだって大変だって……すぐにうまくいったら奇跡だって、私言われたんです！」

それは、昨夜《ゆうべ》、この店で、千春が竜ヶ崎から言われた言葉だった。

「私、この仕事まだ不慣れで、あんまりミスが多くて、へこんでいたんですけど、その時に、先輩からそう言ってもらったんです。仕事と子育てなのでもちろん一緒にしちゃいけないでしょうけど、でも誰だって、初めてでいきなりうまくいくなんておかしいです。しかも、相手は子どもですよ。すごい早さで成長するし、一人一人違うし……それなら、もう、『うまく』なんて無理な話じゃないですか。ただ、自分なりに、試行錯誤して、努力して、失敗しても投げ出さないで……奥さんの信頼だって、一回飲み過ぎて失敗したなら、もうやらないように、気を付けるとかで……そういう積み重ねで、子どもだって、成長してもきっとお父さんのこと嫌いになんてならないと……思うんです……」

徐々に声は小さくなってしまった。何しろ、こんな偉そうなことを言っても、千春は子どもがいるわけでもないし、子育てをしたわけでもないのだ。

「すみません……よくわからないのにこんなこと言って」

「いえ……」

首をふる海老沢を見て、千春はぎょっとした。彼は結構な大粒の涙をぼろぼろとこぼしていたのだ。

「泣き上戸で」

そう言って、彼はまた涙を乱暴に拭った。拭っても後から涙は出てくる。

かなり追い詰められていたんじゃないか、と千春は心配になった。

「大丈夫ですか？　わ、私たち落ち着くまで離れていましょうか……？」

「いえ、気にしないでください。子育てって……子どもに好かれたくてやってるわけじゃないですもんね。私は……彼が私の息子だから世話してるんです。彼のことが、愛《いと》おしくて仕方ないから、やってるんです」

そこで彼はほとんどしゃくり上げるように、息を吸った。口元をゆがめて拳《こぶし》で目元を押さえて、声を絞り出した。

「ありがとうございます……頑張ります……」

「わ……私も頑張りますね！」

千春が握り拳を作ってそう宣言すると、彼は手を離し、泣いて赤い目のまま笑って頷《うなず》いた。

熊野が差し出した蒸しタオルで顔を拭《ふ》くと、海老沢はほっとしたようにため息をついた。

そこへ、千春は尋ねた。

「ご注文のことは覚えていらっしゃいますか？」

「はい、もちろん……えっ、作っていただけたんでしょうか？」

千春はユウの方を見やって彼の意思を確認した。ユウは少なからず戸惑った様子にも見えたが、熊野を見やってから、頷いた。

千春は海老沢に袋を差し出した。

「こちらにご用意させていただきました。ご確認いただけますか？」

「はい……」

袋から一折を取って、千春は海老沢の前で蓋《ふた》を取って見せた。

中身は、見た目にも美しい、手鞠寿司《てまりずし》だ。

茹《ゆ》でたエビは赤く身を染め上げ、ホタテの貝柱の下には緑も鮮やかなシソの葉、スモークサーモンとアボカド、昆布締めの鯛《たい》、椎茸《しいたけ》の煮物……と彩りも綺麗《きれい》だ。小ぶりな手鞠寿司は片手でも食べやすく、彩りも工夫して、蓋を開けた瞬間に目を喜ばせる華やかさもある。

「これは綺麗ですね……！」

海老沢は口を開けて、まじまじと弁当を見ている。

千春は海老沢に話しかけた。

「海老沢様、懐に入れていらしたお金をなくしたっておっしゃってましたよね。封筒みたいなものに入って……と。封筒とおっしゃってましたけど、本当は別の名前があるのに思い出せない、というふうに見えました。もしかして、ご祝儀袋ではないでしょうか？」

「そうです、ご祝儀袋です……あの、酔っ払って、名前がすぐ出てこなくて。赤ん坊が無事に産まれたので、友人たちが……出産祝いのプレゼントもくれて」

「そうでしたか。なくしものが見つかるかはわかりませんが、せめて、お祝いの気持ちを込めてお弁当を作らせていただきました」

「お祝いの……」

「お祝い事ならお寿司がよいかと思いました。いつも奥様がおにぎりを夜食にされていると伺ったので、それなら手鞠寿司はいかがかなと思ったんです。食べやすく、晴れ晴れとした気持ちになれるかなと……」

千春は、姿勢を正して頭を下げた。

「このたびはご出産おめでとうございます」

海老沢は、えっと声を上げて、それから千春に頭を下げた。

「あ、ありがとうございます。本当に……こんなに綺麗なお弁当、作っていただけるなんて。華やかって、いいことですね。晴れやかな気持ちに、なります……特別な日って感じがします。妻のことも考えてくださってありがとうございます……」

「海老沢様が、お話ししてくださったからです。奥様が喜んでくださればよいのですが」

「喜ぶと思います——本当に……」

海老沢が洟をすすった。彼の鼻の頭はまた少し赤くなっていた。目が潤んでいる。

彼はふとその目を見開いた。何か発見したのかなと千春が反応を待っていると、海老沢は弁当を指さした——袋に残っている方だ。

「二折……あるんですか？」

「えっ、はい、もちろん……あれ、違いましたか？　すみません、あの……海老沢様の分もお作りしたのですが……」

「……私は夜食食べないので……」

「そっ、そうですよね！　すみません……」

「いえ……」

海老沢はかぶりを振って、袋を手に取った。

「こちらもいただいていっていいですか？　妻と一緒に食べたくなりました」

「！　もちろん、そうしていただければ嬉《うれ》しいです！　夜乗り切るのにもカロリー必要でしょうから！」

「そう、確かにそうなんですよ……！」

海老沢は笑った。笑いながらも涙ぐんでいて、そのことに自分でまた笑っていた。

立ち上がろうとした海老沢は、ふらついてユウに支えられてまた座り直した。

「タクシーお呼びしますね」

「すみません……お願いします……あの、お会計もお願いします」

視線のやりとりの末、熊野が値付けした。海老沢は多めに支払おうとしたが、熊野が止めた。

その時、ちりんちりんと呼び鈴が鳴った。店舗のカウンターに置いてある、客が使う呼び鈴だ。

ユウが慌てて厨房《ちゅうぼう》へ行ったが、すぐに戻ってきた。

戻ってきたユウは、興奮した様子で海老沢に言った。

「店の近くの植え込みに落ちていました。拾ってくれた人がいたんです。中もご確認ください」

ユウは、祝儀袋を手にしていた。海老沢はそれを受け取ると、驚きながらも中身を確認し、こくこくと頷いた。

「すごい、無事で……！　よかった、ありがとうございます！」

海老沢は、ユウと、彼の後ろからひょっこり顔をのぞかせた人物に頭を下げた。祝儀袋を拾ったのは、桂だった。

「えっ、桂君どうしたの」

「いや、お休みもらっちゃったけど、大丈夫だったかなって心配になったもので……あと、取り置き予約してますよ、俺」

なるほど、それでくま弁に来る途中、植え込みに落ちていた祝儀袋を拾ったのか。千春は地面ばかり見ていて気付かなかった。

「本当にありがとうございます！」

海老沢は何度も頭を下げた。拾ってくれた桂だけではなく、千春や、熊野にも。

「お寿司、お祝いしていただけたみたいに思えて、とても嬉しいです。ご迷惑おかけして、本当にすみませんでした」

「また来てくださいね」

ユウは柔らかく微笑んでそう言った。

海老沢は千春に向き直ると、力強く言った。

「頑張りましょうね！」

「はい！」

弁当と祝儀袋を抱え、さらに出産祝いが詰まった紙袋を提げ、海老沢は店を出て行った。

色々あったから、もう日付が変わりそうな時間だ。取り置き分もすでにすべて売れ、くま弁は店じまいだ。桂も予約していたクリームコロッケ弁当を二折抱えて出て行った。

千春は上機嫌だった。さすがにこの時間まで働いていると腰や肩や足が重く、鈍い痛みさえ感じるが、ついつい鼻歌なんて歌っていた。

「あの」

とユウに話しかけられ、ハッとしてふんふん歌うのをやめる。

「す、すみません、仕事中に……」

「いや、いいんですよ、もう店じまいですし。そうではなく……あの、すみませんでした」

「えっ？」

何かユウがやっただろうか。むしろ千春の方こそ色々やっているので、申し訳なさそうな、悄然《しょうぜん》とした彼の態度が理解できない。

「千春さんを酔ったお客様と二人きりにしてしまったことです」

「？　はあ……」

「今回の方はそんなことありませんでしたが、もし何か、乱暴されるとか、間違いがあったら……」

「ええ？　いや、そんな……」

大げさな、と千春は思った。休憩室は厨房と隣接していて、声を上げればすぐに気付いてもらえる。心配しすぎに思えた。

「しかし、たとえば、実際僕がされたようにしがみつかれたら、女性なら恐怖を覚えるのではないかと思います……」

「ああ……」

そう言われてみると、そうかもしれない。確かに声を上げて助けを求められるのはよいが、そもそもそういう被害に遭わない方がいいに決まっている。

「そう……そうか……そうかもしれませんけど……まあ、でも無事だったんですし」

「しかしですね……」

なおもユウの表情は晴れない。

千春は残念に思ってしまう。千春は今回、迷惑を色々かけながらも、やっと店のために働けた……という気がしていた。海老沢の奥さんが喜んでくれるといいなと考えて、わくわくしていた。

だが、ユウにとっては反省点の方が大きかったらしい。

「おーい、その辺にして、夜食食べよう」

熊野が休憩室から顔を出して声をかけてくれた。はい、と元気よく返事したものの、千春は内心、気落ちしていた。

「う……」

さらに、休憩室のちゃぶ台を見た千春は、そんな呻《うめ》き声を漏らしてしまった。

ちゃぶ台の上に並ぶ『夜食』は、千春が作った手鞠寿司《てまりずし》の失敗作だったのだ。寿司飯を入れすぎて大きくなってしまったもの、具材が側面を向いてしまったもの、力を入れすぎたもの……。こんなに失敗したっけ、と千春は落ち込んだ。

「ほら、食おう。俺腹減っちゃったよ」

「は、はい……」

千春は熊野に誘われて座布団に腰を下ろした。ユウも隣に腰を下ろす。

「これ、千春さんが作ったものですよね」

ユウにそう確認され、千春は気まずさから視線を泳がせて答えた。

「そう……そうです、すみません、こんなに使って……」

「えっ？　いえ、あの、いただきます」

ユウと熊野は食べ始めた。千春も俯《うつむ》いたまま、かなり大きめに作ってしまったアボカドとスモークサーモンを載せたものに箸《はし》を伸ばした。醬油《しょうゆ》を少しつけていただく。燻製《くんせい》の風味とサーモンのクセが強いが、アボカドがまろやかに中和する。寿司飯が口の中でぱらぱらと解《ほぐ》れていく。寿司飯とは重要なものだなと思う。脂の多い食材も、寿司飯がまとめあげて、あっさりと食べさせてくれるのだ。

「美味《おい》しいです」

そう言ったのはユウだったが、千春も同じように感じた——自分が作ったものなのに！

「美味しいですね、千春さん」

「はっ、はい……」

　思わず肯定してしまうが、本当に美味しかったのだ。寿司飯はほとんど熊野が作ったが、これらの失敗作はガーゼの上に食材を置いたのも、それを絞ったのも千春だ。どうやら、ガーゼを使って絞ることで、力加減がしやすいらしい。

「よかったじゃねえか、小鹿さん。うまいよ」

「ありがとうございます……！」

　失敗も多く、自信がなく、結局ほとんど熊野が作ったものを詰めてしまったが、実際売り物にはならずとも、十分に美味しい。味の組み合わせも楽しく、見た目が華やかなおかげで、気分も上向いてくる。何より、これも『寿司』の一種だ。千春自身は特に祝うことがあるわけではないが、なんとなく晴れやかな気分になってくる。

　だが、手鞠寿司を食べていたユウが、何やら考え込む様子を見せていた。ひょっとして問題でもあったのか、骨でもあったとか、と千春が心配して見つめていると、ユウは不意に、微笑んで、千春を見つめ返した。

「千春さん、ありがとうございます」

「へっ？」

「さっき、酔ったお客様と二人きりにしたことを、お詫《わ》びしましたが……千春さんが、見てくれたからこそ、この手鞠寿司を作れたんですね。そのことに、きちんとお礼を言っていなかったと思ったんです。ちゃんとお客様のことを見て、お弁当を考えてくださって、ありがとうございます。千春さんがいてくれて、今日は本当によかったです」

ぱあっ、と胸の中のもやもやとしたものが晴れるような心地だった。

ユウにそんなふうに言ってもらえたことが嬉《うれ》しくて、もっと言えば、手応《てごた》え——生きていく上での手応えをしっかりと感じられたような気がする。霧が晴れて、自分の手足をしっかりと見つめることができたような……。

そう、自分に自信を持てたのだ。

「お、そうだ。飲むかい？　いいのが冷えてるよ」

そう言って熊野が立ち上がろうとするのをユウが制して、自分がミニキッチンへ行った。戻ってきた時には、ユウは日本酒の瓶を抱えていた。冷酒を合わせるのは最高だろうなと思えたので、千春は大歓迎で、冷酒用のグラスを出した。

グラスに注いで、まずは馥郁《ふくいく》たる香りを楽しむ。

乾杯すると、ちりんと涼やかな音が響いた。

「今頃、美味しく食べてくれてるといいですねえ」

すっきりとした冷酒と、自分の作った手鞠寿司を味わいながら、お寿司っていいものだな、と千春は思った。


後日、海老沢は再度来店した。

千春がくま弁に入った時、彼はユウに礼を言っているところで、千春の姿を見て、千春にも頭を下げた。

「先日はお世話になりました」

「あ、いえいえ……あの後大丈夫でした？」

「はい、妻もとても喜んでくれました。今度は自分が外出したら立ち寄ると言っていましたので、近いうちに来ると思います」

ユウが嬉しそうに応じた。

「いつでもお待ちしておりますよ」

海老沢は手土産まで持参していて、お詫びとお礼だと言ってユウに渡していた。子どもの写真を見せてもらったとユウに教えられ、千春も頼んでスマートフォンの待ち受けを見せてもらった。まるまると太った赤ん坊が、画面いっぱいに映っている。目を閉じ、大きな口を開けてあくびをしているところだった。

ちょうど海老沢が注文していた弁当ができあがり、ユウが二折の弁当を彼に渡した。

その時、ユウが千春に尋ねた。

「小鹿さん、ご注文何になさいますか？」

「あっ、そうですね～、じゃあ……」

千春がメニューを睨《にら》んで悩み始めると、海老沢は意外そうに呟《つぶや》いた。

「今日はお客……なんですか？」

「そうですよ。普段はお客です」

千春の答えに、えっ、と海老沢は驚きの声を上げた。

「前の時は、人手が足りなくて、臨時でお手伝いしてたんですよ」

「そうだったんですか。私、てっきりご夫婦でやってらっしゃるのかと」

「ふ……えっ」

海老沢の言葉を理解するのに、一拍必要だった。理解した途端、顔が熱くなってくる。

「ちっ、違いますよ。私なんか、お手伝いにもならないありさまで……」

「そんなことはないと思いますよ。手鞠寿司、美味しかったです」

「ああ〜、あれはほとんど元寿司職人のオーナーが作っていてですね……」

千春はそう説明したが、ユウが横から茶々を入れてきた。

「でも、アイディアは小鹿さんだったんですよね」

「そっ……そうです……けど……」

「やっぱり、立派にお仕事されてたと思いますよ」

海老沢からそう言われて、千春は照れて困惑してしまった。そんなたいしたことはしていない……とも思う反面、純粋に嬉しくもある。

海老沢は去り際も喜々として弁当の感想を言ってくれた。

「手鞠寿司、妻も喜んでくれて、どれも美味しかったんですけど、僕は椎茸《しいたけ》の煮たのが好きでした。肉厚な椎茸で、酢飯とよくあっていて、美味しかったです」

千春は、そう言われて、えっ、と聞き返しそうになった。気持ちが浮き立ち、それに気付いたらしいユウには不思議そうな目で見られた。

海老沢が頭を下げて店を出ていってから、千春はユウに説明した。

「実は、椎茸の手鞠寿司《てまりずし》だけは、私が作ったの詰めたんです……」

「あっ、そうだったんですね！」

「えへへ……でも、煮物自体はユウさんが作ったやつを使わせてもらったんですけど」

だが、椎茸の煮物も入れてみようと発案したのは千春だったし、そう言われれば嬉しい。実際、肉厚な椎茸はよく煮汁が染み、刺身がのった手鞠寿司の中に一つあると、味と匂いに変化がついて美味しかった。

照れつつも喜びを隠しきれない千春を見て、ユウも微笑んだ。

千春はむずがゆいような気分になって、耐えられず俯いた。ふと、先ほど言われた言葉を思い返す。夫婦でお店をやっているのだと勘違いされた……そう、それは勘違いだ。ユウと千春は夫婦ではないし、千春は店の共同経営者どころか従業員ですらない。

でも、そんな未来があってもおかしくはないのだ。

千春はユウと婚約している。まだ親への挨拶《あいさつ》は済んでいないが。成人した二人がそう約束を交わしたのだ。一緒に暮らすために千春はこの札幌で転職先を探している。

だから、いつになるかはまだわからないが、夫婦になるのだ。

そして、千春が店を手伝うことだってできる。

この、くま弁を。

何しろ数ヶ月後には桂が辞めることになるし、そうしたら新しい人を雇わねばならない。それなら、いっそ千春が働いてもいいのでは？　一緒に店をやっていく……そういう未来もあり得るのだ、千春とユウの選択次第では。

千春はまじまじと、ユウを見つめた。ユウは意味がわからない様子で、きょとんとして、それでも見つめられて微笑み、小首を傾《かし》げている。

毎日一緒に店に立ち、ユウとこのくま弁を続けていく。

もちろん、そうなればただの手伝いとは違う苦労があるだろう。不安だってある。

だが、それは、考えてみるべき価値のある未来ではないだろうか？

「あ……あの」

千春は、勇気を振り絞って、その未来についてとにかく語ってみようと思った。

「くま弁で、私も一緒に働くということについて、どう思いますか？」

ユウは一瞬意味がわからないという顔をした。その提案は、彼にとっても想定外のものだったのだろう。

だが、すぐに千春の真剣な様子と言いたいことに気付いたユウは、眉根《まゆね》を寄せ、難しい顔で俯《うつむ》いてしまった。

しばらく言葉を探すように沈黙したあと、彼は口を開いた。

「それは……僕は、あまりよい考えとは思えません……」

「えっ、どうしてでしょうか……」

「ええと……そうですね、参ったな、うまく、説明はできないんですが……」

「別に私も、仕事が見つからないから店に立ちたいとかそういう安易な発想じゃないですよ!? もちろん色々苦労はあるでしょうけど、ユウさんは、もし私がくま弁で働いたらどう思うのかなと……だって、他にもそういうふうにお店をやってるご夫婦、いるでしょう？」

「だからといって千春さんがそうしないといけないわけじゃないです」

「そ……そうかもしれません……けど……」

「僕は……」

ユウはまた考え込んだ。虚空を睨み付けるようにしていてもそこを見てはいなかった。自分の内面を見つめて、彼は言った。

「千春さんを、僕の人生に巻き込むみたいで、いやなんです」

人生に巻き込むみたいで……千春は言われた言葉を胸の中で繰り返した。

「え、どういう意味ですか？」

「結婚したからって、何もかも共有しないといけないわけでもないですよね」

「そうですけど、もう少し具体的に言ってください。たとえば……夫婦でお店をやっていくよりは別々の仕事をして経済的リスクを分散したいとか、こう……具体的に、何がいやなのか知りたいんです。そうじゃなくて、巻き込むのがいやだなんて言われると…

……」

そう、そんなふうに言われると、突き放されているように感じてしまう。

千春は、ユウと人生をともにするつもりなのに。

結婚の解釈が違うのなら、早いうちにすりあわせておいた方がいい。

だが、ユウも戸惑った様子だった。

「僕もうまく言えなくて……」

ユウももどかしそうだが、千春ももどかしくなってしまう。

ユウとの距離は出会った頃からずいぶん縮まった。

人間同士なんだからそれがゼロになるわけではないのだが、それでも、今になって彼との間に妙に高い壁を意識してしまって、千春も混乱していた。

「夫婦なら、影響を与え合って、お互いに巻き込んだり巻き込まれたりするものでしょう。そもそも、私……仕事を辞めて札幌に残るつもりなんですよ？」

それは巻き込まれたことにならないのか、それとも、本当はユウはそれもいやだったのか？

気が高ぶって、周りの音が聞こえなくなっていた。自動ドアが開いた音に気付かなかった。ユウが、焦った顔で、いらっしゃいませ、と言ったのでようやく、客が来ていたのだと気付いた。こんなところを見せてしまったのか。ユウと客への申し訳なさに打ちのめされながら、千春は振り返った。

来客は、女性だった。

ミディアムヘアの黒髪が艶《つや》やかだ。背は高めで、ヒールでさらに少し高く見える。背筋をしゃんと伸ばして、スーツを着て、大きめのショルダーバッグを肩から下げ、会社帰りの様子だった。

年齢は、確か四十二歳。

「……………小鹿さん」

名前は、亀地奏《かめちかなで》。

千春の会社のオペレーション統括部次長。

「か……亀地次長……」

直接のではないが——千春の上司だ。

千春の頭からさあっと血の気が失《う》せた。

・第三話・ 甘エビ限定海老フライ弁当

会議室の床に敷かれた絨毯《じゅうたん》が足音を吸い込む。

千春が約束の時間より少し早く入ると、すでに亀地奏はスクリーンのすぐそばのパイプ椅子に腰を下ろして、書類を手にしていた。

亀地は書類を揃えて置くと、千春に自分のすぐそばの椅子を示して座らせた。並んでいた椅子はすでに向かい合わせになっていて、千春はそこに座った。緊張して口の中は乾いてねばついていたし、動きもなんとなくぎこちないものになってしまった気がする。

「そんな緊張しないで」

亀地は穏やかな笑みを口元に浮かべてそう言った。千春も微笑んだが、自然にできた気はしない。

何しろ、遡《さかのぼ》ること数日前、千春はこの亀地にユウの店を手伝っているところを見られているし、その上、会社を辞めるつもりだという発言まで聞かれている。千春はその場で、ユウが婚約者であること、事情があって二日間だけ店を手伝ったこと、そして結婚するため会社を辞めようと考えていることなどの事情を説明した。亀地はその場はとりあえず帰ったが、また会社で話し合おうと言われて、今日、千春は呼び出されたのだ。

副業禁止規定違反だと見なされるのか、それとも辞めることについて慰留されるのか、どういう内容の話し合いになるのか予測しにくく、千春はどちらの場合でも動揺を抑えられるよう、全身を緊張させていたのだ。

だが、亀地の口から飛び出してきたのは、まったく意外な提案だった。

「結論から言うと、小鹿さんさえよければ、地域限定社員としてうちで働き続けてみませんか？」

千春はきょとんとした後、事態をゆっくりと理解していった。

「地域限定社員というのは、転勤のない正社員ということですよね？」

「そうです。小鹿さんがうちを辞める理由はもうすぐ転勤の辞令が出ると考えているからですよね？」

「はい……」

「地域限定社員の制度、うちも最近始めたんです。基本給は転勤のある正社員より少ないので、お給料は減るんですけど、他の福利厚生、手当なんかはそのままで……これ資料なので、よかったら見ておいてくださいね」

「はい……」

なんかさっきから自分は同じようなテンションで返事をしているだけだな……と千春は思い、疑問を口にした。

「あの、大変ありがたいお話ではあるのですが、どうしてこういうお話をいただくことになったのでしょうか……」

「まず、もちろん小鹿さんが必要な人材だからというのもあります。将来的には管理職もと考えられていましたから。でも、会社にも多少の事情があります」

そう言って、亀地は説明を始めた。

「本社にはお客様相談室があり、旧来のサービス業務は本社で行われていますが、将来的には、ここ——札幌のカスタマーセンターに顧客サービス部門を統合する計画があります」

あっ……なるほど、と千春は割合すぐに状況を悟った。実際、本社のお客様相談室がいつか札幌のカスタマーセンターに統合されるだろうという話は聞いたことがあった。そもそも、カスタマーサービス業務を集約するためにこのカスタマーセンターが作られたのだから。

ただ、だからといって、そのまま札幌に残れる、というような話ではないと思っていた。本社の他の部署で働くことになる可能性だってあるし、千春は希望は言えても選べる立場ではない。

亀地の説明も、千春が考えていたことをなぞるようなものになった。

「小鹿さんの今回の転勤は三年という期限付きですが、統合時にはまた札幌に配置換えになる可能性もあります。とはいえ東京で他部署に配属される可能性もありますので、小鹿さんが望むのなら地域限定、この場合は札幌限定という条件付きにしておいた方が、確実に札幌勤務ということになります」

確かに……確かに、これは自分にはかなり良い条件だ。給料については今後も含めてしっかり確認しなければならないが、それでもここしばらくの転職活動を思い返すと、これ以上の条件はなかなか見つからないのではないかと思えた。

亀地は千春をじっと見つめた。いやな視線ではなかったが、内心を見抜かれているようで千春は落ち着かなかった。

「これは私がそう考えているというだけのことですけど、他の……たとえば婚約者の方のお店で働くよりは、雇用形態を変えてうちで働き続けた方が、小鹿さんのこれまでの経験やスキルを活《い》かせるのではないかなと思います」

亀地の言葉は千春も考えてはいたことで、だからこそ千春は動揺してしまった。

はい……と答えた声が自分で思っていたよりも小さく、急いで、はい、と声を張る。

「今回のお話、ありがとうございます。ただ、即答はできかねますので、考える時間をいただけませんか?」

「ええ、もちろん、十分時間をかけて考えてください」

話し合いはそれで終わった。

千春はなんとなく居心地の悪さを引きずりながら会議室を出た。

廊下を歩きながら考えたが、この居心地の悪さは、自分の中にもある懸念を亀地に見抜かれていたからだろう。

ユウと働きたいというのは、確かに数日前に思いついたことに過ぎないし、今の会社で働き続けられるのなら、それが自分にとって一番良いことなのではないか？　くま弁で働くことで、自分は何を得られるのか。そして、自分はくま弁で何ができるのか。

ユウからはまだ肯定的な返事はもらっていないが、まずは自分の中の迷いに答えを出そう。

窓から入る九月の光を浴びながら、千春はしっかり床を踏めるよう、心持ちゆっくりと自分の職場に向かって歩いた。

❄

気持ちばかりが急《せ》いて、空回りしてしまった気がする。

「すみません……」

千春はうなだれていた。ユウがフォローしようと焦っている。

「いや、千春さんのせいというわけでは……僕がこういうの使いこなせてないだけで……」

二週間ほど前、千春の勧めで、くま弁には新しい予約システムが導入された。タッチパネルで注文の品を選択し、予約日時も含めて管理できる。それまでくま弁の予約は紙のメモで管理されていたのだが、書き文字のように読み取りにくいということもないし、タッチするだけなので電話を受けながらも簡単にできる。それに顧客管理も兼ねているから、電話番号で登録された客がどういう注文を好むかもすぐにわかる。千春の会社が扱っているものだが、比較的小規模な店舗でもよく導入されている、使い勝手の良いシステムだ。

だが、くま弁で導入するには一つ問題があった。

くま弁は、日替わり、週替わりのメニューがとても多いのだ。

メニューはその日の仕入れによって変わる。事前に今日のメニューをすべて入力しなければならず、そのうちにタブレットは使われなくなり、ユウは以前のように紙にメモをして対応していた。

「いえ……この商品が、くま弁に合っていなかったんです。すみません……」

千春は唇を噛《か》んだ。

定休日に休みを合わせて遊びに来た千春は、ユウが導入したシステムを使わず手書きのメモを使っているのを見て、ユウに謝ったのだ。

「レンタルなので、もう契約解除しましょう。手続きしておきます」

千春がそう言うと、ユウは申し訳なさそうにしていたが、反論まではせず、ミニキッチンへ入っていった。

くま弁の休憩室になっている和室で、正座をした千春は考え込む。

千春は、料理が得意なわけではない。舌が特別肥えているわけでもない。ユウから試食を求められ意見を言うことはあるが、そのくらいだ。

だから、せめて自分にできることをと考えて、予約システムの導入をユウに勧めたのだ。

だが、自分はくま弁に、顧客に何が必要なのかまったく見えていなかったのだ。

（自分にもできることがあるって、主張したかっただけだった……）

こういうことはするまいと思っていたことを、焦りがあったとはいえやってしまったのだ。

「……どうしたんですか？」

自分の考えに没入して、ユウが戻ってきたことにも気付かなかった。

ユウはマグカップを二つちゃぶ台に置いて、自分も千春のそばに腰を下ろした。

「何か、思い詰めているというか……」

ユウは優しい。迷惑を被《こうむ》ったのは彼の方なのに、千春を気遣ってくれている。

「……私、焦ってしまったんです、たぶん。自分が、ちゃんと役に立つって証明したくて」

ぽつぽつと千春は内心を語り始めた。

「今働いている会社は中小企業向けのソフトウェア開発をしていて、私はそのカスタマーサポートに関わる仕事をしています。今はカスタマーと直接話すことはずいぶん減りましたけど、昔はもっと多くて……色々トラブルもあったし、大変なこともあったけど、でも、直接お客様と話せるのは、やっぱり貴重な経験だったなあと思うんです。会社にとっても大事だし、私自身の仕事の姿勢としても、こういう方たちのためのサービスを提供しているんだってわかるので。私がくま弁で役に立つことがあるのなら、こういう分野のことかなと……思ったんですが……」

そして、その思いばかりが先走って、独りよがりになってしまった。

「どうして、千春さんはくま弁で働きたいと思うんですか？」

すでに話しているが伝わっていなかったのかと千春は驚き、顔をしかめてしまった。

それを見てユウは、慌てて千春の懸念を否定した。

「いえ、僕と働きたいと言ってくださっているのは聞いています。でも、正直コールセンターの仕事の方が、千春さんの経験も活かせるでしょうし、生活も安定しているのではないでしょうか」

それは亀地にも言われていたことではあったが、確かにユウときちんとそこを話し合ってはいなかった。

「生活の安定といいますけど、会社だって潰《つぶ》れる時は潰れますよ。それに、もし転勤もなく今の職場にとどまったとしても、自分の経験を今後も活かせるとは限りません」

「というと……？」

「昔はもっとお客様に直接対応する仕事が多かったんですが、今はそういうのはむしろイレギュラーで……たぶん、会社に残ればもっとお客様からは遠ざかってしまいます。会社に残ることでしかできないことも、得られるやりがいも安定もあるとは思いますが。くま弁は小さなお店で、だからこそ、すべてのものに目が行き届くし、お客様の顔も好みもきちんと覚えられる。ユウさんと婚約して、改めて自分がどう生きるべきか考えた時、私は自分がそういう働き方をしたいということに気付いたんです」

ユウは千春に初めてくま弁で一緒に働きたいと言われた時と同じ、困惑した、難しい顔をしていた。

それでも彼が千春の考えを理解しようと努力しているのは伝わってきた。

「千春さんの考えはわかりました。そう言っていただけたことは、嬉《うれ》しいです……僕の考えも言葉にして伝えたいんですが、まだ、うまく言えそうになくて……」

「……なら、待ってます。ユウさんの言葉」

前の時はユウに拒絶されたようで、千春も感情的になってしまったが、ユウには彼なりに感じるところがあってああ言ったのだということは今はわかっていたし、ユウならきちんと言葉にして説明してくれるだろうとも思えたので、以前より落ち着いてそう言うことができた。

そこではたと、千春は他の人にも相談すべきではないかということに気付いた。何しろくま弁でユウと働くという考えは、ほんの数週間前に突然思いついたものだ。千春の視野が狭くなっていることは大いに考えられるし、ここで第三者の意見を聞くのも、視野が広がって良さそうだ。

問題は誰に相談するかだ。親には心配をかけたくないから相談は避けたい。普段なら友人に相談するところだが、その時思い浮かんだのは、自分でも少し意外な相手だった。

亀地は以前と同じ会議室に入ると、少し足早に千春のそばにやってきて椅子を引いた。

「ごめんなさい、待たせてしまって」

「いえ、お忙しいところすみません」

「それで話って何でしょう」

「はい、あの、この間のお話なんですが……」

亀地は表面上は特に態度を変えなかった。千春はあらかじめ考えていた言葉を頭の中で整理し直し、口を開いた。

ちょうどその時、狭い会議室に着信音が鳴り響いた。

亀地のスマートフォンだ。亀地はちらっと画面を確認し、あっ、という顔をした。幾分焦った様子で、千春を制する。

「ちょっと失礼します」

亀地は千春に背を向け電話に出ると、会議室のドアの辺りまで歩いていった。

短い会話ののちすぐに亀地は戻ってきて、千春に申し訳なさそうな顔を向けた。

「ごめんなさい、小学校から連絡で、息子が熱出して早退することになってしまって……申し訳ないけど、また明日《あした》にでも話せないかしら？」

「いいですよ、もちろん。そんな急ぎではないので……お子さん心配ですね」

「そうね、ありがとう……」

亀地は申し訳なさそうな顔で頷《うなず》いた。千春と別れてからはこれから残りの仕事をどうするか考えあぐねている様子で、足早にオフィスに戻って行った。

亀地に子どもがいることは知っている。子どものお迎えで急に休むとかいうこともたまにあったと思うが、考えてみれば千春は亀地の子どもの年齢も知らなかった。

相談相手がいなくなって千春も少し途方に暮れたように思いつつ、亀地の言う通り、また明日相談させてもらおうと考えていた。

だが、次の日も亀地は会社を休んだ。

千春は番地を確認しながら、夜の住宅街をゆっくり歩いた。

休んだ亀地から連絡が入り、亀地の家に書類を届けてほしいと頼まれたのだ。会社で千春が一番亀地の家の近所に住んでおり、最寄り駅も一緒——つまり東豊線《とうほう》の豊水《ほうすい》すきの駅だった。

たどり着いたのは、黒いタイル貼りの分譲マンションだ。エントランス前で電話をかけると、すぐに亀地が出た。

『ごめんなさい。今外に出られなくて。部屋まで来てくれる？』

亀地にオートロックを開けてもらい、千春は八階にある亀地の部屋まで行った。

インターホンを押すとすぐに亀地は出てきたので、千春は頼まれていた書類を渡して帰ろうとした。

だが、その時、亀地の背後で子ども部屋らしき部屋のドアが開いて、小さな男の子が顔を出した。

小柄で、小学校低学年くらいだろうかと思われた。

男の子は裸足《はだし》でパジャマを着ていたが、まず千春を見て、掠《かす》れる声で言った。

「こんばんは……」

「どうしたの。寝てなさい」

亀地は息子に気付いてとがめたが、彼はドアノブに手をかけたまま、ドアにもたれかかるようにして立っていた。

「お母さん、会社行くの？」

「行かないよ、大丈夫だから寝ててね」

亀地の声が少し優しくなった。子どもはそれで安心したのか、千春の目を気にしつつ、部屋に戻っていった。

亀地は囁《ささや》くような声で言った。

「ごめんなさいね。明日は出社できますから」

「いえ……お子さん大丈夫ですか？　まだ熱高そうですけど……」

「ええ、普段は何かあった時は両親に見てもらっているんですけど、今回はちょっと…

…でも明日はいつものシッターさんに頼めるから、大丈夫です」

「そうですか……大変ですね」

「そうですね、熱出た時くらい親に見てもらいたいでしょうにね……」

「あ、いえ、あの、亀地さんも……」

「私？」

「仕事、申請してご自宅でもしてるんですよね。あの……お疲れに見えたので」

「大丈夫です、ありがとう……」

亀地の礼の言葉にはどこか拒絶の響きもあったが、すぐに彼女は苦笑して、首を振った。

「実は、私が自分の親とけんかしてしまったの。それでいつもみたいには頼れなくて」

「そうでしたか……」

とにかく、そういう事情ならなおさらここで千春がぐずぐずしているわけにはいかない。千春はお暇《いとま》することにしたが、その時ふと思いついたことがあって、亀地に尋ねた。

「お夕食ってもうお済みですか？」

「いえ、まだです」

「よかったら、私に用意させてもらえませんか？」

「え……」

「お子さんのお世話したり、仕事したり、お忙しいかと思うんですけど、そういう時こそちゃんと食べないといけないんじゃないかと思いまして。亀地さんが倒れたら、大変なことですから。用意といってもお惣菜《そうざい》買ってくるだけですけど、美味《おい》しいですし、お勧めできます！」

「でも、あなたをそんなふうに使うわけにはいかないでしょう」

「使うとかじゃなくて、私がそうさせてほしいだけですよ」

「いえ、でもね、そういうのはよくないでしょう。あなたは部下で私は上司なんですから」

それはそうだが……。

千春としては単に子どもを看病している亀地に惣菜を買ってくるだけの話で、部下だの上司だのという関係を気にするようなものではないのだが、そう思わない人間もいるのはわかる。亀地は今千春を地域限定社員に推薦しようとしているから余計気にしているのかもしれない……。

だが、亀地は千春を見つめるうちに、急に困り顔になった。

「……………そんなに落ち込むようなことでしたか？」

少し申し訳なさそうな様子にも見える。千春は驚いて言った。

「えっ、落ち込む……落ち込んでるって、私がですよね……」

指摘されて気付いたが、千春は肩を落としてしょんぼりと悲しげな目で亀地を見ていた。……確かに、落ち込んでしょぼくれているように見えただろう。いや、実際落ち込んでいた。

「あの……お惣菜美味しいところで買ってきますし、やっぱり洗い物もないのは楽ですから、よかったら食べて欲しかったなと思っただけで……」

「………」

亀地はしばらく黙って考え込む様子を見せた後、ため息を一つ漏らして、言った。

「そんな顔されたら断りにくいったらありませんよ。わかりました、今回だけ、あなたにお願いしてもよいでしょうか。お代はあとで払います」

「えっ、いいんですか、ありがとうございます！」

千春が弾む声で言うと、亀地はこらえきれない様子で笑った。

「何言ってるの、お礼を言うのはこちらでしょう。ありがとう、小鹿さん」

その笑顔は柔らかく、千春は上司の別の顔を見た気がして、そわそわと落ち着かない気分になった。

千春がくま弁の惣菜を抱えて亀地家に戻ると、亀地は喜んで受け取ってくれた。

「ありがとうございます。おかげで食事の準備のこと考えずに息子のそばにいられました」

「それならよかったです」

「あら、これは……」

亀地がくま弁の袋と一緒に渡された紙袋の中身を覗《のぞ》き込み、意外そうな声を出した。

「あ、それ私が作ったんですけど、おかゆ……」

「えっ、おかゆまで作ってくれたんですか」

「！　あ、そっか、お夕食まだって伺ったんで……でも息子さん、もう食べてましたか？　それなら持ち帰りますから大丈夫です」

「いいえ、まだでしたし、助かりましたが……そこまでしてもらうことになるとは思っていなくて。あの……実は、お米浸すの忘れてて。おかゆも、これからレトルトを温めようかと思っていたところだったんです。ですから……ありがとうございます、本当に」

「お役に立てたならよかったです」

その時、子ども部屋からまた亀地の息子が顔を覗かせた。

「……お母さん……？」

さっき見た時よりぼんやりして、足元がおぼつかない。亀地は慌てて戻った。

「お客さんだよ。ほら、大丈夫？」

「うん……」

夜になって熱が上がってしまったのだろうか。息子はよろけてドアにぶつかってしまった。千春は思わず靴を脱いで駆け寄り、亀地を手伝って息子をベッドに寝かせた。

「ごめんなさい、ありがとう……」

ベッドの中に倒れ込むように横たわると、少年は苦しそうに息をしながら千春に礼を言った。かなり辛《つら》そうでかわいそうだ。

その時、少年は不思議そうな声で呟《つぶや》いた。

「良い匂い……」

「あ、ごめんね、食べ物の匂いなんだ。お母さんと、君に、差し入れもってきたの。おかゆは今は無理かな？」

「うん……」

「そうだよね、食べられそうになったら、食べてね」

少年はこくりと頷《うなず》いて、目を閉じた。

「玉子焼き、あるの……？」

「えっ、うん、あるよ。よくわかったね」

「好きだから」

「そうなんだ。じゃあ、元気になったら食べよう。よかったら、お姉さんが、美味しいところのもってくるよ」

「ううん、お母さんのが美味しいよ」

「あ、そっか、そうだよね」

「でも、食べ比べてみたいかな」

「こら、エイスケ」

亀地がとがめるように声をかけ、エイスケは布団の中に潜り込んだ。確かにあまり長く話すのも身体によくないなと思い、千春は最後にエイスケを励ませたらと思い、語った。

「いいよ、でもお姉さんが知ってるお店もすごいんだよ。魔法のお弁当っていうのがあるんだから。なんでも願いを叶《かな》えてくれるんだよ」

「願いを……」

「エイスケ君がよくなったら、それを買って持ってくるよ。くま弁ってお店。お姉さん、ほとんど毎日通ってるんだから」

エイスケは、布団から顔をそっと覗かせた。

「そこ知ってるよ。ほんとに持ってきてくれる？」

「うん」

千春が頷くと、エイスケは安心したように笑って、また布団を頭からかぶった。

亀地はちょっと待っていてほしいと言って、千春をリビングのソファに座らせた。

リビングは南向きの大きな窓があり、昼間なら開放感がありそうだったが、今はその窓も落ち着いた色のカーテンで覆われていた。部屋は片付いていてやや無機質なインテリアだったが、チーク材の飾り棚に置かれた息子と亀地の家族写真が温《ぬく》もりを添えていた。

「はい、これお代」

「あ、すみません」

千春が封筒入りの代金を受け取って、鞄《かばん》にしまうと、亀地は隣のソファに腰を下ろし、ため息をついた。

「ごめんなさいね、何から何まで。エイスケのことも落ち着かせてくれて……」

「あっ、いえ、余計なことをしてしまっていないかと……」

「いいんです、ありがとう。それで……この間の話ですけど」

千春は、会社で亀地と交わした最後の会話を思い出した。

今後のキャリアについて、亀地に相談したいと言ったのは千春だった。

「あ！　ああ、そのことですけど、また会社で……」

そう断りかけて、千春は自分が答えを出すのを避けていることに気付いた。

「いえ……あの、今話していってもいいんでしょうか」

「いいですよ、私は」

「それなら……」

千春は、ちらりとダイニングテーブルに置かれた袋を見やった。

「……ごはん、食べながらにしませんか？　私も実は買ってあるので」

千春が取り出した同じくま弁の袋を見て、亀地は、あら、と微笑んだ。

「美味しい……」

亀地はそう呟いた。からりと揚がった豆腐に出汁《だし》の効いたきのこ餡《あん》が絡む揚げ出し豆腐は千春お勧めの一品だ。そうだろうそうだろうと、千春も嬉《うれ》しくなる。

「全部美味《おい》しい。くま弁ですよね。いいお店ですね。実は前に……ほら、小鹿さんとお店で会った時に、初めて行ったんですよ」

「あっ、そうでしたか〜」

そういえばあの時亀地は何を買っていっただろうかと考え、千春は、あれっと声を上げた。

「……亀地さん、この前の来店って、もしかして注文できなかったんじゃ……」

「そうなんですよ……」

亀地は箸《はし》を持ったまま悲しげな顔をした。

「小鹿さんがいてびっくりして、話を聞いて、じゃあこのことはまた会社で、って別れて……だから注文してなかったんですよ……美味しいって聞いて行ったのに……」

「そうですよね!?　あの……すみません……」

「いえ、小鹿さんが謝ることじゃないですから」

亀地は深々とため息をついた。

「私、前から間が悪いというか……だからこれはいいんです、私の問題です」

「そ、そんなことは……」

ふふ、と亀地は笑い声を零《こぼ》した。

「でも今日食べられて嬉しい。素材を大事にしてる味がしますね。こんなに美味しいもの食べさせてもらったら、小鹿さんがくま弁で働くことに反対意見なんて言いにくくなりますね」

冗談めかしてそう言ったが、すぐに亀地の顔からは笑みが消えた。

「会社での今後のキャリアについて話したいということでしたが……会社が小鹿さんに望むことは簡単に話したと思いますが、そのことも含めて、小鹿さんご自身はどのように考えていますか？　つまり、小鹿さんの望むキャリアを教えてほしいんです」

「私は……」

千春は突然話を向けられ、一瞬言葉に詰まったが、ここ何日もずっと考えていたことを説明した。

「私は、会社に残ればお客様からどうしても離れてしまうことになると思っています。いろいろな働き方があるとは思いますが、この会社で働いて、お客様と接することの難しさや面白さ……やりがい、みたいなものを知ったんです。くま弁なら、お客様ともっと近く、顔を見て、接することになります。その近さに苦労することもあるとは思いますが、挑戦してみたいんです」

「でも、それは恋人の……大上《おおかみ》さんと婚約したからですよね。つまり、小鹿さんが元からお弁当屋さんのお仕事に興味があったわけではないのですね」

「はい、そうです」

「じゃあ、大上さんがくま弁を辞めたらどうするんですか？　そういったことが起こらないとは断言できませんよね。大上さんが病気や事故でくま弁を続けられなくなることも考えられます。大上さんが料理人として働けなくなったら、小鹿さんはどうするんですか？」

「くま弁の経営を続けられないか考えると思います。……今の店長である大上さん以上の適任はいないかもしれませんが、とにかく探してみます。それから、どうしても無理なら、他の仕事をすると思います。でも、それはその時のことです。その時の自分ができる……そして、たぶん、やっぱりお客様と近しい仕事を望むと思います」

「…………これは、私の話なんですけど、少し聞いてくれますか」

「はい……」

グラスの麦茶で喉《のど》を潤して、亀地は語り始めた。

「私、結婚を考えた相手がいました。でも、私が仕事を辞めて、彼が暮らしている地方都市に引っ越すのが決まった後、彼は蒸発したんです」

蒸発——言葉に殴られたように感じ、千春は呆然《ぼうぜん》とした。

相手にも事情や考えがあったのかもしれないが、それはあまりに乱暴で、一方的な別れだ。

「その頃私は妊娠していました。彼と結婚して二人で育てていくつもりでしたが、逃げられたとわかった時は、不安と後悔で泣いてばかりいたんです」

亀地はそこまで語ると息を吐いて、微笑んだ。

「私がこの経験から得た教訓は、誰かに振り回されて自分の人生を決めたら後悔する、ということです」

亀地の笑みは不思議な感じがした。というのは、寂しいとも悲しいとも見えたが、それでもなお、穏やかな表情に見えたからだ。

彼女が何を後悔して何を受け入れているのか、このときの千春にはわからなかった。

ただ、亀地が言うことは、ユウの懸念とも共通するところがあるのではないだろうか。

誰かに振り回されて自分の人生を決める——あるいは、ユウの人生に巻き込まれる。

千春がしようとしていた選択が、そういうものだったとは、千春自身思ってはいない。

だが、ユウと店をやっていくという夢が叶わなかった時、その時の千春がこの選択について違う考えを持つ可能性はある——亀地が指摘したかったのはそういうことだと思う。

そして、そのために、彼女は千春に自分の経験を語ってくれた。

「……ありがとうございます」

「どういたしまして」

亀地はその笑みを深めて、おかしそうに笑った。

千春は紅茶を淹《い》れようとして、はっと我に返った。

「あっ……鍋《なべ》がない……」

おかゆを作った小鍋は亀地のところに持って行ってしまった。

実は最近ヤカンを焦がしてしまい、お湯を沸かすのにも鍋を使っていたのだ。もう一つ鍋はあるが大きくて扱いにくい。千春は時計を見た──二十時。亀地の家のリビングで一緒に弁当を食べてから、二十分ほどしか経っていない。亀地はまだ起きているだろう。

今日はもういいが、明日《あした》にでも返してもらえるよう一応電話を入れておこう。

千春は亀地の携帯電話に電話をかけた。呼び出し音は二回、すぐに亀地は電話に出た。

「あ、夜分遅くに──」

千春の言葉を遮るように、聞いたこともないような、亀地の悲鳴じみた声が響いた。

『もしもしお母さん⁉　エイスケいた⁉』

千春は驚いた。亀地は母と千春を間違えたらしいが、発信者を確認して電話に出ればそんな間違いは起こらないはずなのに。

「かっ、亀地さん、私、小鹿です……」

『えっ、あっ──ごめんなさい』

「何かあったんですか？」

そう問いかけながら、頭の中では先ほどの亀地の言葉が繰り返し響いていた。

『エイスケいた⁉』

彼女はそう言っていた。切羽詰まった、悲痛な声で。

「えっ……エイスケ君、いないんですか？」

『なんでもないの、今ちょっと取り込んでるからもう切るわね、ごめんなさい……』

「あっ」

電話が切れる。千春はスマートフォンを握りしめて呆然とした。それから慌てて、薄手のカーディガンを掴《つか》んで外に飛び出した。

千春のマンションから亀地のマンションまでは徒歩十分程度、走ったからもっと早く着いた。

千春が息を切らしてマンションの前にたどり着いたのと、亀地が逆方向から走ってきて同じ場所に戻ってきたのが、ちょうど同じタイミングだった。

「亀地さんっ」

亀地は千春以上に息を切らしている。秋口の夜に似つかわしくないほどの汗で全身を濡《ぬ》らし、肩で息をしている。

「い、いないんですかっ？」

千春が確認すると、亀地は一瞬言うかどうか迷ったようにも見えたが、すぐに頷《うなず》いた。

「熱あるのに……自分で家を出たみたいで……マンションの近くを捜したけど見つからなくて。靴とジャンパー、なくなってて……」

「こ、心当たりはっ？」

「もう、全部……あっ」

亀地は悲鳴のような声を上げてポケットからスマートフォンを取り出した。

「警察、電話しなきゃ！」

そうだ、これは警察に連絡して保護してもらわなければならない事案だ。夜、まだ小学生の子どもが自宅から姿を消したのだ。熱のせいだろうか？　ジャンパーを着ていたとしても、九月の夜は冷えるし、早く見つけてあげなくては。事故だって考えられる。

だが、亀地がスマートフォンを操作しようとした時、その手の中で着信音が鳴り響いた。

ちらっと画面に実家という文字が見えた。亀地がすぐに電話に出る。

「エイスケいた⁉」

亀地はスマートフォンを握《にぎ》り潰《つぶ》しそうな勢いだ。

「えっ？　そうなの？　本当？　うん……えっ？」

亀地の表情はめまぐるしく変わった。驚き、安堵《あんど》、それから――。

愕然《がくぜん》と目を見開き、口元をわななかせ、動揺している。

「待って、それエイスケが言ったの？　ちょっと……ちょっとお父さん！　待って！」

エイスケはいたらしい――だが、何かがおかしい。何かあったのだ。亀地は取り乱し、スマートフォンにすがりつくようにしている。

「まっ……」

待って、ともう一度言おうとしたのだろうが、電話は切れたらしい。

亀地は呆然として、スマートフォンを見つめ、それから千春を見やった。

「息子……実家にいました」

あまりに大きな衝撃に打ちのめされた亀地は魂が抜けたように見えた。

「でも、あの子泣いてるって……私の話、聞いたって言ってて……」

「話……」

千春はなんのことかと考えた。千春が最後に会った時、少年は母親に甘える風邪の子どもといった感じで、自宅を飛び出すほどの不安定さは見られなかった。あの後、亀地が誰と話したというのだろう。誰と……。

千春とだ。

亀地は千春に自分の身に起こったことを話してくれた。千春のために。

子ども――エイスケを身ごもったが、婚約者――つまりエイスケの父が逃げて、後悔した、という話だ。

あれを聞いたのだ。

「い……行かないと！」

亀地は駆け出そうとして蹴躓《けつまず》き、転んで歩道に手をついた。かろうじて顔を守ったが、肘《ひじ》も膝《ひざ》も打ち付けて痛そうだ。千春は彼女を抱え起こし、心配になって言った。

「ご実家まで送ります」

亀地はよろめきながら立ち上がり、すりむいた手を震わせながら頷いた。


亀地の実家は走れば数分でたどり着ける場所にあった。

だが、熱を出した子どもの足では何分かかっただろう？　十分？　十五分？　住宅街の道だがそれほど街灯があるわけでもない道を歩くのはどんな気持ちだっただろう。千春は胸が締め付けられるようだった。

亀地はなおさらだろう。

お互い何も喋《しゃべ》らず息を切らして走り、亀地がようやく足を止めたところで千春も足を止めた。休みの日にジョギングくらいはするのだが、今は完全に息が上がっていて、喉《のど》からはひゅうひゅうと息が漏れ、心臓は爆発寸前まで働かされてきりきりと痛む。

「ありがとう、もう、大丈夫……」

亀地はそう言って、南向きの庭がある一戸建て住宅へ向かった。生け垣の間を通って、飛び石の上を進み、玄関へ……。

千春が息を切らしてついていけるのは、その手前、歩道の上までだ。

こうして疲労困憊《こんぱい》して考えてみれば、亀地は家庭のことに部下である千春を関わらせたくはないだろうし、自分がしゃしゃり出ることではないのもわかる――ただ、亀地は自分の過去を千春に向かって喋っていた。千春のために話してくれた。それが原因で息子がショックを受けたのだ。それに何より、あんなにも取り乱した亀地を見たのは初めてだった。

だが、もう帰るべきだろう。

千春は自分の気持ちに一旦《いったん》けりを付け、生け垣で囲まれたその一軒家の前できびすを返し、夜道をとぼとぼ帰ろうとした。

「どうしてっ」

亀地の悲鳴じみた声が聞こえてきたのは、その時だった。

思わず振り返ると、亀地は玄関前に立っていた。とっくに部屋の中に入ったかと思っていたのに、彼女はまだ家に入れてもらっていない。両親と、息子がいるはずの家なのに。

亀地は玄関から漏れる光の中にいて、亀地の向こうには大人の人影が二つあった。子どもではない。

千春が動けないでいると、亀地の父親とおぼしき人物が何か言った。もう遅いとか、寝ているとか、そういう言葉が途切れ途切れに聞こえてきた。寝ていると言われたからか、亀地はそのあと声を潜めた。両親も声を潜め、千春には聞こえなくなった。

そしてしばらくのち、亀地はよろめきながら来た時と同じように飛び石の上を歩き、生け垣を抜けて、千春のそばに戻ってきた。いや、千春のそばに戻ってきたというよりは、ただよろめきながら歩いたら、千春がたまたまそこにいたという感じだった。

「ごめんなさい、ここまで付き合わせてしまって」

「いえ、そんな、勝手に私が……」

「息子は私の両親の家で今日は過ごすそうですから、小鹿さんも、もう心配しないでください」

亀地は微笑んだ。千春をねぎらうように、自分の感情を覆い隠すように。

覆い隠されようとしている感情を千春はもう垣間《かいま》見ている。

「あの、もし、何か……」

千春はその感情に手を差し伸べたかった。亀地には助けが必要に見えた。

だが、亀地は微笑みを消さなかった。

「大丈夫です、今日は遅くまで付き合わせてしまってごめんなさい。結構走らせてしまいましたね。タクシー呼びましょうか？」

「……いえ、大丈夫です。近くなので歩きます」

千春はそう言い、しばらく亀地と歩いて、それぞれの自宅へ戻った。

亀地は、別れる時の挨拶《あいさつ》以外は、何も言わなかった。

亀地は会社の上司だ。個人的な問題に部下である千春を立ち入らせたくないと考えるのは、当然のことだろう。千春も亀地の考えを尊重すべきだと思ったし、実際、亀地からの穏やかな拒絶を受け入れ、これ以上この問題に首を突っ込むのはよそうと考えた。

だが、一方で、亀地の息子であるエイスケは千春と亀地の話を聞いて家出したのであり、千春も少なからず責任を感じていた。母のああいう言葉を聞いた子どもがどう感じるのか想像すると、知らんぷりを決め込む気にもなれず、一度関わらないと決心したにも拘《かか》わらず、会社でもちらちらと亀地を見てしまい、エイスケはもう自宅に帰っただろうかとか、亀地は疲れた様子ではないだろうかとか、そんなことばかり考えてしまっていた。

そんなふうにして数日を過ごしたある日、千春は意外な人物と再会した。

初めて会った時に小柄だなと感じたが、やはりその感覚は正しく、その日店に現れた少年は大きなランドセルに抱えられているような格好で、それでも振り回されまいとするかのように、しっかりと革の肩ベルトを掴《つか》んでいた。

少年は、亀地エイスケと名乗った。

「お姉さんに会いに来たんだよ」

見た目こそ小柄ではあったが、理知を感じさせるまなざしで千春を見つめたエイスケは、こんにちは、と大きな声で挨拶してくれた。

エイスケはくま弁の近くで千春に声をかけてきた。

開店直後の時間帯で、客の出入りが多かったから、彼はその邪魔にならないよう、少し離れた路地に立っていた。

だからその存在に気付かなかった千春は、彼が立っていた路地を通り過ぎたところで、いきなり声をかけられて驚いた。

そして、路地から出てきた彼を見て、呆気《あっけ》にとられてしまった。

「え……私に会いに？　どうして？　それに風邪はもう良《い》いの？　あ、ごめん一度に色々……」

「このお店によく来るって言ってたから。僕の風邪はもう治ったよ」

エイスケはハキハキ喋っていたが、やはりよく知らない大人を前に緊張している様子もあって、頬は紅潮していた。

「あのね……」

エイスケの声が震えていることに千春は気付いた。彼が瞬《また》きすると、突然、その両の目から涙が滲《にじ》んで、睫《まつげ》がしずくで濡《ぬ》れた。

「助けて……」

それだけ言うのが精一杯で、エイスケはその後泣き出してしまった。

エイスケが落ち着いて話ができるようにと、千春はとりあえずくま弁の休憩室を貸してもらった。何しろぼろぼろ泣いてしまってうまく話せず、九月の夕方らしい秋風も吹いてきたので、どこか室内で彼の気持ちが落ち着くまでそっとしておいてやりたかった。

しばらくすると、エイスケは泣き止み、千春が渡したおしぼりで顔を拭《ふ》いた。涙は止まったもののまだ彼の目は泣きはらして赤く、千春はあまり本筋ではなさそうなあたりから話しかけることにした。

「もう五時過ぎてるけど、おうちの人心配してない？　連絡しなくて大丈夫？」

「うん……まだ大丈夫。僕ね、学童から習い事とか塾とか行くんだけど、今日はピアノ終わってから来たんだ。家に帰るのが遅くなると、おじいちゃんたち心配するから、あんまり時間ないんだけど。お姉さんに会いたかったから」

「そっか、会えてよかった。私、もっと遅い時間に来ることの方が多いから……」

「そうだったの？　僕、このお店は通学路にあるから毎日前通ってるんだ。この前お姉さんがお母さんにお惣菜《そうざい》買って来てくれたでしょ。あの時、このお店に毎日通ってるって言ってたから」

なおもしばらくもじもじした後、エイスケは意を決したように顔を上げ、千春を見て話し始めた。

「お姉さん、おじいちゃんちに来てくれたよね。僕、二階の窓から見てたの……」

「あっ、そうだったの？」

「僕のこと、お母さんと一緒に捜してくれたんだよね。ありがとう……」

「あ、いやあ……心配だったから。無事でよかったけど」

「僕……あの日から、ずっとおじいちゃんとおばあちゃんのうちにいるんだ。風邪が治ってから帰ればいいよって最初は言ってくれてたんだけど、風邪が治ったら、今度はおじいちゃんちから学校行けばいいよって」

「あっ……そうだったんだ……」

　エイスケは困ったように視線をさまよわせて話していた。

「ランドセルとか、必要なものはなんでもおばあちゃんが家に取りに行ってくれてて。合鍵《あいかぎ》あるから、入れるの。それで、お母さんは夜になると迎えに来てくれるんだけど、おじいちゃんとおばあちゃんが追い返しているみたいで……」

　そんなことになっていたとは。千春は話を聞けば聞くほど胸が痛くなった。

「僕……あの日は、なんか、家出ちゃったけど、お母さんを悲しませたかったわけじゃなくて……」

　そう言ったきり、エイスケは口を噤《つぐ》んでしまった。自分でもうまく話せないか、話したくないと思ったのだろう。千春もそれはそのまま聞かずにおいて、話を最初に戻した。

「それじゃあ、エイスケ君が、助けてって言ってたのは、どういうことかな」

「あの……お母さんのこと」

エイスケは話しやすい話題になって、また顔を上げ、千春を見つめた。

「お母さん、たぶん普通のごはん、食べてない」

「食べてない……の？」

エイスケはこくりと頷《うなず》いた。

「たぶん。いっつもそうだから。僕、これまでもおじいちゃんちに預けられることあって、お母さんの出張とか、忙しい時とかに。そういう時、お母さん、自分だけだとごはんちゃんと食べないんだ。僕が帰ってきて、何食べたって話すると、僕はおばあちゃんのカレーとか、コロッケとか話すんだけど、お母さんはなんだか笑うだけで何食べたって教えてくれないし、ゴミ出し僕してるんだけど、お菓子の袋ばっかり出てくる」

「お菓子？」

「ゼリーみたいなやつとか、バーみたいなのの袋とか箱とか……」

それはもしかして、お菓子ではなく栄養を手軽に摂《と》るための補助食品の類《たぐ》いではなかろうか。

「僕にはいっつも、お菓子じゃなくてちゃんとごはんを食べなさいって言うのに」

エイスケは、不満そうだった。母が食事代わりに『お菓子』を食べていることへの羨《せん》望《ぼう》と、きちんと食事を取らないことへの心配が入り交じっているようだった。

それから彼は、またぱっと顔を上げた、

「それで、お姉さん言ってたから……今度僕に買ってきてくれるって言ってたから、それなら、お母さんに買って行ってもらえないかって思ったんだ」

「お母さんに……」

「だって、僕は毎日、おばあちゃんの作った美味《おい》しいごはん食べられてるけど、お母さんはきっとそうじゃないから」

エイスケは話し終えてホッとした様子も見せたが、まだいくらかは緊張して、千春を見つめていた。すがるようなというよりは、もっときっぱりとした、清廉な目をしていた。

「そっか……」

千春はなんとも言えない気持ちになってそう呟《つぶや》いた。

それからエイスケを不安にさせないために、笑顔で立ち上がった。

「じゃあ、店長さんにお願いしよう」

エイスケの表情はいくらか和み、千春も安堵《あんど》した。


とはいえ何しろエイスケには帰宅時間が迫っていたので、その日は帰って、翌日の定休日に再来店することになった。

「今日はありがとうございます」

休憩室に通され、弁当の話をする前に、エイスケは丁寧に言い、ぺこりと頭を下げた。

「こちらこそご来店ありがとうございます。昨日は夜遅かったけど、危ない目には遭わなかったかな」

「大丈夫。お姉さんがうちの近くまで送ってくれたし」

エイスケはしっかりとした口調でそう答えた。

「それじゃあ、どんなお弁当を作ってほしいか、教えてもらえるかな」

「うん」

エイスケはあらかじめ考えていたのだろう、よどみなく言った。

「エビフライが入っているといいと思うんです！」

「エビフライだね。それはどうしてかな？　お母さんが好きなの？」

「好き……かはわからないけど、運動会の時にお母さんとおじいちゃんおばあちゃんが来てくれて、お母さんとおばあちゃんでいっぱいのエビフライを作ってくれたんだ。あのときのお母さんは、おばあちゃんたちとも仲が良くて、楽しそうだったから……」

「そうか、いいね。じゃあ、どんなエビフライだったかな」

「ええと……小さかったかな。でも、たくさんあって、すっごく美味しかった。おじいちゃんがエビを買ってきてくれたんだ。なんか……どこかでお祭りがあって、買ってきてくれたんだって言ってました！」

丁寧語と砕けた口調が入り交じる。元気の良い声だが、緊張を紛らわすためか、持参したサッカーボールを擦《さす》ったり叩《たた》いたりしている。

「なるほど……運動会があったのは、何月かな？」

「六月だよ」

北海道は基本的に梅雨がないので、運動会は、盛夏を避け、季候の良い六月に開催されることが結構ある。六月のお祭り……と聞いて千春は真っ先に北海道《ほっかいどう》神宮の例祭を思い出した。六月の中頃に開催されるこの例祭の後から、札幌の学校では夏服に衣替えが始まる。

だが、そこでエビが売られているだろうか？

千春は頭を傾《かし》げてしまった。いぶかしげな千春を見て、エイスケも不安そうだ。

「だめ……？」

「あっ、ごめん、なんだろうって思っただけで……大丈夫、店長さん、いろんなお弁当作ってきたんだから大丈夫！　きっと、お母さんが美味しく食べられるお弁当作ってくれるよ」

少し心配だったのは、季節がずれていることだ。今は九月だが、運動会は六月……三ヶ月経てば、旬のものが旬でなくなるには十分だ。

ちらっと見ると、ユウはいつもの穏やかな笑みを浮かべて、エイスケの顔を覗《のぞ》き込んでいた。

「大丈夫、きっと美味しいお弁当作るから。安心してね」

エイスケは少し考えてから、こくりと頷いた。

エイスケを祖父母宅の近くまで送ってから、千春はくま弁に戻った。

休憩室にいたユウはどこかに電話しており、電話口の相手に何か頼んで電話を切ると、千春を見て、エイスケに向けていたのとは違う、からかうような、悪戯《いたずら》っぽい笑みを浮かべて言った。

「心配させてしまいましたか？　旬がずれるから」

「あっ……いやあ、ちょっとだけ……」

千春の動揺にユウは気付いていたらしい。

「大丈夫ですよ、たぶん六月のお祭りというのは『はぼろ甘エビまつり』でしょう」

「甘エビ……そんなお祭りあったんですか」

はぼろ——羽幌《はぼろ》は札幌からだと北海道最北の都市、稚内《わっかない》までの道中、日本海沿岸にある町だ。いくつかの小旅行を経て北海道の地理も多少わかってきたが、まだまだ知らないことも多い。羽幌のだいたいの位置はわかっても、どういう町なのか、千春はよく知らなかった。

「甘エビってお刺身で食べると美味しいですよね。あんまりフライって聞かないですね」

「そうですね、でもお祭りではいろいろな創作料理もあるんですよ。僕が行った年ですと、ラーメンとか、スープカレーとかもありました」

意外に思ったが、考えてみるとエビの出汁《だし》がたっぷり出て美味しそうだ。

「普通のお祭りでエビを買ってくる……しかも小さなエビを生で、というのは考えにくいですから、おそらく羽幌のお祭りで合っていると思います」

「確かにそうですね。でも、六月の話ですよね？　旬って大丈夫ですか？」

「甘エビは水温が低くなると美味しくなるんです。だから、この時期も美味しいんですよ。今手配しました」

先ほどの電話はそのためだったのか。千春は胸をなで下ろした。

「よかったあ、大丈夫とは言いましたけど、やっぱり旬だけはどうにもならないしなあって思ってて……」

安堵の笑みを浮かべる千春を見て、ユウが尋ねてきた。

「……エイスケ君、何か事情があるんですか？」

ユウには、ただエイスケの母親のために弁当を作ってほしいとしか伝えていないのだ。

「あ……」

千春は状況を説明しようとして言葉を詰まらせた。亀地の内情を語る訳にはいかない。亀地の個人的な話だし、話せばなぜそんな話になったのかというあたりも、察しの良いユウならわかってしまうだろう。

千春はエイスケが家出して祖父母宅にいること、その場に千春もいて責任を感じていることをざっくりと説明した。

「なるほど……しかし、いいんですか？　一度は亀地様にサポートを断られたんですよね？」

「はい……でも、こうしてエイスケ君が苦しんでるのに、何もしないというのは違うんじゃないかって……。亀地さんにとっては余計なことかもしれませんが、お弁当なら、喜んでもらえるかもしれないですし……」

「そうですか……お力になれれば良いのですが」

「大丈夫ですよ。この前くま弁のお惣菜《そうざい》持って行ったら、喜んでもらえましたから」

ユウは微笑んだ。千春はふと、彼とのやりとりを思い出した——自分の人生に巻き込むようでいやだといった彼の拒絶を、千春はもちろん覚えている。あれ以来、特に言い争うというようなことはないが、なんとなく、彼の微笑みから親しみより遠慮を感じるようになっていた。

亀地は、誰かに振り回されて自分の人生を決めたら後悔すると言っていた。

自分がユウに言った『店で一緒に働きたい』という申し出は、亀地が言った『誰かに振り回されて自分の人生を決める』ようなことなのだろうか。

そうではないのなら、千春はたぶん、もっと自分がどう思っているのか、ユウに話すべきなのだ。

巻き込まれているわけでも、振り回されているわけでもないのだと、自分の言葉で。

「エビフライ、よかったらお手伝いさせてください」

「いえ、お忙しいでしょうし……」

「私がやりたいんです」

そう言うと、ユウはしばらく考えた末、諦《あきら》めたように頷《うなず》いた。

❄

エビはその日のうちに届き、千春はユウに教えられ、まずは殻剥《からむ》きから始めた。

しかし、途中で千春は、これは終わらないのではないかという気になってきた。

何しろ、多い。

甘エビは決して大きなエビフライになるようなエビではないから、数が必要なのはわかるが、とても弁当箱に入れる量ではない気がする。お重が埋まるほどある。

「これ多過ぎませんか……？」

殻を剥きながらユウにもそう尋ねたのだが、ユウは、そんなことはないと言う。

「エイスケ君だって、いっぱい詰めてあったって言っていたでしょう。それに、どうせ千春さんも試食するんですから」

「そ……そうですかね、そっか……」

試食していいんだ……と思うと、エビフライを想像して勝手に口の中によだれが出てきた。くま弁の弁当でも時々小エビのフライがあるが、さすがに甘エビではないだろうから、また違うのだろう。

「じゃあ、こっちは揚げていきますね」

殻を剝き、下ごしらえをしたエビに衣を付け、ユウが次々揚げていく。ぱちぱちという音が控えめに響き始め、千春はうずうずしてくる。

たっぷりの揚げ油の中で衣は次第に色づき、エビの尻尾《しっぽ》も鮮やかな赤色に染まっていく。きらきら光る油をまとったエビフライが、次々に引き上げられていく。次々……。

殻を剝くことで、一旦《いったん》かさが減ったエビだったが、衣を付けて揚げたことで、かさが増した。結構な数だ、というのが目で見てはっきりとわかる。

「千春さん、持って行くんですよね？」

千春はユウにそう言われてハッとした。そう。千春は亀地に連絡し、届けたいものがあるからと、会う約束を取り付けていた。時計を見ると——もう十七時半を回っている。移動時間を考えると、約束の時間まであまりない。

「えっ……あれっ、これ完成してないですよね、他のおかず……！」

「あ、待ってください。今お詰めしますから」

ユウはのんびりそう言って、油を切ったエビフライを手際良く容器に詰めていく。パーティー用のお惣菜盛り合わせなんかで使う円い発泡スチロール容器が、どんどんエビフライで埋まっていく。……エビフライだけで。

真ん中にある丸い仕切りの中にたっぷりのタルタルソースを入れて、完成だ。

「え……？」

千春は思わずそう声を漏らし、ユウの顔を見やった。ユウはにこにこ笑って、蓋《ふた》をして、袋に入れ、千春に渡した。

「じゃあ、これどうぞ」

「あ……はい、じゃあお代……」

代金を支払ってから、やはりこれはおかしいのではないかという気がしてくる。

「あの……ごはんも入ってないですけど……」

「はい、そうですね」

ユウはにこにこ笑っている。試されているような気がして、千春はユウを軽く睨《にら》み、それから大量のエビフライが入った容器を見下ろし、決心した。

「わかりました。行ってきます！」

「…………」

千春はほとんどユウの顔を見ずに、エプロンと帽子を外して店の外に飛び出した。

ユウは実のところ呆気《あっけ》にとられ、驚いた顔をしていたのだが、振り返らずに出て行った千春がそれを見ることはなかった。

千春が出ていって、ドアが閉まってから、ユウは我に返って千春を追いかけ、慌てて呼び止めた。

「ちょ……ちょっと。千春さん！　エイスケ君、来るんじゃないんですか？」

「あっ！」

ユウから声をかけられて、千春は立ち止まり、腕時計を見て、それから周囲を見回した。家路に急ぐ、あるいは駅へ向かう人々はいるが、大人ばかりで、エイスケの姿は見えない。

「そういえばもう来てていいはずなんですが……」

「何かあったんでしょうか？」

「ううん……」

だが千春はエイスケに連絡できない。彼が子ども携帯を持っているのは知っているが、それはあくまで家族との通話と緊急用で、千春は番号を教えてもらっているわけではない。

だが、千春が逡巡《しゅんじゅん》しているうちに、横断歩道をこちらへ渡ってくる少年の姿が見えた。

「エイスケ君！」

千春がほっとして声をかけると、エイスケは駆け寄ってきた。

姿が見える前から走っていたらしく、エイスケは息を切らし、髪の毛が汗に濡《ぬ》れて額に張り付いていた。

「ごめんなさい、塾で話しかけられて……」

「大丈夫だよ。ちょっと休んで行く？　もう行ける？」

「ううん、あの、大丈夫……」

そう言いながらも、エイスケは呼吸を整えようとしている。ユウが彼に声をかけた。

「少しお店で休んでいくかい？」

「でも、約束の時間……」

「あ、じゃあ千春さん、持って行ってもらえますか？」

「えっ、私だけでですか？」

それは意味があるのだろうか……と千春は思った。これはエイスケから亀地への贈り物だと千春は思っている。千春は仲介しているだけだ。

「すぐに追い付きますから。ね、エイスケ君」

エイスケはユウを見上げ、少し考える様子を見せてから、頷いた。

「じゃあ……わかりました、私だけ行きます。あとでね、エイスケ君」

「うん」

エイスケとユウは千春を見送り、店内に戻った。


「じゃあ、そこ座っていてね」

ユウにそう言われて、エイスケは素直に店内の丸椅子に腰を下ろした。エイスケには少し高く、足をぶらぶらさせながら、店の貼り紙やメニューなどを見る。

「はい」

コップに水を汲《く》んできたユウは、エイスケに渡して、彼の隣の丸椅子に腰を下ろした。

エイスケは水を少しずつ飲んだ。

ユウは、特にエイスケを見るでもなく、呟《つぶや》くように言った。

「……行きたくない？」

エイスケの呼吸は、もう十分落ち着いていた。

エイスケはユウを見やる。ユウもエイスケに視線を向けた。見透かされているように感じたエイスケは、怖くなって目を伏せた。

「………」

だが、黙っていると、行きたくないということにされそうで、エイスケは懸命に言葉を振り絞った。

「休んでるだけだよ。別に、僕は、お母さんの家に帰るなって言われてるわけじゃないし。家に帰らなくていいって言われてるだけだから……」

そう。祖父母は決してエイスケに帰宅を禁じたわけではない。学校の教科書が、と言えば母のいない間に祖母が取りに行ってくれたし、着替えも、漫画も、ゲーム機も、エイスケのひねり出した帰宅理由は全部祖父母に回収され、かつて母が使っていた祖父母宅の子ども部屋はエイスケの物で溢《あふ》れた。

帰らなくていいと言われている――帰る必要がない――祖父母は彼に帰ってほしくないと考えている。

それがわかるから、「帰りたいから帰る」という簡単な答えにエイスケはたどり着けずにいる。

「お母さんに怒ってるの？」

「そっ……そんなことない」

エイスケは急いで否定した。足りないような気がして、もう一度。

「お母さんのせいじゃない。ただ、僕は……僕がいない方が、お母さんにはいいんじゃないかって。僕が帰るのは、迷惑じゃないかなって……」

「僕は、君と、お母さんとの間に何があったのか、知らないけど」

ユウは、ゆったりとした口調で言った。

「お母さんと、話したらいいんじゃないかな。怒ってることでも、悲しいことでも、話してみたら……そうしたからって、お母さんに、君の気持ちがわかってもらえるかはわからないけど」

ユウは微笑んでエイスケを見つめていた。笑うような場面とは思えず、エイスケは驚いていた。

「でも、君自身ならわかるかも。お母さんに会って、思ってること吐き出せば、君がどうしたいのか、どう思っているのか、君自身にはわかるようになるかもしれない」

「…………」

エイスケはしばらく足をぶらぶらさせてから、その足を床に下ろし、立ち上がった。

「僕……帰ります」

ユウはエイスケの不安げに揺れる目を見て、頷《うなず》いた。

ドアから出てきた亀地は黒いスカートに白い長袖《ながそで》のカットソーを着て、色味のない顔をしていた。口紅を塗らず顔色も悪いせいでそう見えたのだ。今日は千春同様亀地も休みだったが、一日ゆっくり休めた人間には見えなかった。

「話ってなんですか？　この前の……？」

「あっ……いえ、今回は、その、これを……」

玄関で千春が掲げた袋を見て、亀地は、あら、と呟いた。

「その……この前、美味《おい》しいっておっしゃっていたので……」

「えっ、私に？　ありがとう……」

「いや……実は私からじゃないんです。エイスケ君に……頼まれたんです」

亀地の喉《のど》が空気を吸い込む。ひゅっという音が千春にも聞こえた。

動転しながらも、亀地は千春を家に上げてくれた。

リビングテーブルに弁当の入った袋を置いて、千春はこれまでの経緯を説明した。

「エイスケが、くま弁に寄ったんですか？」

「はい、習い事の帰りだって言ってました」

「元気そうでした？　ごはんちゃんと食べてるのかしら？　風邪よくなってるの？」

立て続けに亀地は質問を重ね、千春は順繰りにその問いに答えた。

「元気そうでしたよ。ごはんはおばあちゃんが作ってくれるって言ってました。風邪もよくなってるみたいです」

「そう……」

安心したように呟いて、亀地はソファの背にもたれた。

「それで……エイスケが、私にお弁当を……というのは、どういうことでしょうか」

「あの、心配しているみたいです。お母さんがちゃんとごはん食べていないんじゃないかって」

亀地の様子を見ながら、千春はそう言った。こういうことも、本当はエイスケから伝えた方がよかったのだが。

だが、エイスケはなかなか来ない……これでもここに来るまでも結構ゆっくり歩いたし、子どもの足とはいえ追い付いてもいいはずなのに。

「……なんだか随分大きいように見えますが……」

袋を見つめた亀地はそう言った。確かに円形の容器は普通の弁当より大きい。

「エイスケ、何かリクエストしたんですか？」

「えっと……はい……」

「……見てみても？」

千春が頷くと、亀地はそっと袋から容器を取り出し、蓋《ふた》を開けた。

容器が甘エビで作った贅沢《ぜいたく》なエビフライでいっぱいになっているのを見て、亀地もさすがにぎょっとした様子だった。

「えっ……」

「あの、エイスケ君が運動会のお弁当のことを話してくれて……」

説明しようとした千春は、亀地の様子を見てやめた。そんな解説なんて必要ない。

亀地は、エビフライを見つめて、単に驚くだけではなく——ふっ、と笑ったのだ。

「これ……去年の運動会です。エイスケがエビフライ大好物だから、運動会のお弁当にしようと思っていたんです。でも、エビを買うのを忘れていて……そこにちょうど父が甘エビのお土産を持ち帰っていて、発泡スチロールにいっぱい。だから、それを使わせてもらって、エビフライにしたんです。あの……もしかして、これも甘エビ?」

「そうですよ。店長さんが、『はぼろ甘エビまつり』のエビだろうって」

「うわ、それは凄《すご》い……」

しばらくの沈黙ののち、亀地は顔を上げて千春を見つめて尋ねた。

「どうして、小鹿さんはエイスケの頼みを聞いてくれたんですか?」

「それは……」

千春は言葉を探した。上司である亀地を傷つけたりしない、配慮ある言葉……だがうまくまとまらず、結局千春はただ心の中にあった言葉を吐露した。

「私が、亀地さんの力になりたかったからです」

亀地は千春の言葉を受け止め損ねたような、消化不良を起こしたような困惑した顔をして、それからまた、微笑もうとした。

だが笑い顔は泣きそうな顔になって、亀地は静かに語り出した。

「あの子を産む前、不安ばっかりで、怖くて、後悔もあったんです。でも、産んだ後はかわいくて仕方なくて、後悔なんてしてる暇はありませんでした。それなのに、仕事で忙しくて、世話を両親に頼むことが多くて……」

感情をこらえるように、きゅっと唇を引き結ぶ。眉間《みけん》に皺《しわ》を寄せる。

「……そのことについては、罪悪感が強くて、辛《つら》かったし、不安でした。後悔しているのは、あの子を産んだこととか、産む決断をしたこととかじゃないんです。あの子の成長をあまり身近で感じられなかった。あの子に父親を与えられなかった。私は母親失格じゃないかって……そんなふうに思ってしまうんです。母親としての自分に全然自信が持てなくて、不安なんです。だから、息子を連れ帰ることもできなく……」

ふふ、と声を漏らして、彼女は額を押さえて俯《うつむ》いた。

「小鹿さん、私のこと気遣ってくれたでしょう？　私がそれを断ったのは、こんなこと話せなかったからですよ。話せば楽になるって言うじゃないですか。でも、誰に話すんですか、こんなこと。話したところで、自分で決めたことなのに無責任だとか、子どもには親はあなたしかいないんだからしっかりしろとか、そんなことばっかり。もちろん、実家の両親に話せるわけがありません。心配させたくないですし、これまでも、エイスケの教育方針とか、色々衝突はあって……」

声が震えている。肩もだ。亀地は俯いてかたくなに涙は見せなかった。

「話す相手、ちゃんといますよ」

千春は亀地にそっと話しかけた。

「エイスケ君に、後悔してるのは産んだことじゃないって、ちゃんと話しましょうよ」

「……うん……」

亀地は顔を上げた。涙の跡を拭《ぬぐ》うと、最初に玄関で会った時よりも、血色がよくなったように見えた。

「うん、そうですね。ありがとう、小鹿さん……」

千春の顔を見て、突然、ふふ、と亀地は声を漏らして笑った。

「どうして泣いてるんですか」

「す……すみません」

自分が泣くのは同情しているように見えて気を悪くするのではないかと思い、堪《こら》えようとしたのだが、涙が溢《あふ》れてしまった。相談相手もなく苦悩していた亀地を思うと苦しくて仕方なかった。千春は亀地の個人的なことは知らなかったが、彼女が真面目な性格なのは知っている。真面目で、責任感が強い人間だからこそ、行き詰まった時に、ただただ自分の中にため込み続けることしかできなかったのだ。

「小鹿さんは、不思議な人ですね。なんだか、あなたを前にしていると、肩から力が抜けていくみたい」

「えっ、はい、どうも……それなら、よかったです」

褒められたのかはよくわからないが、亀地がため込んでいたものを吐き出せたのなら、千春としても本当によかったと思う。

その時、亀地がはっとした顔で玄関に通じるドアの方を向いた。

そのドアが、ゆっくりと開いた。

現れたのは、エイスケだ。後ろにはユウもいる。

「お母さん、僕……」

だが、エイスケの言葉は出てこなくなった。迷うように視線を足元に下ろしてしまう。

亀地は立ち上がって、エイスケのそばに行った。

「あなたを産んだことを後悔しているわけじゃないの。後悔しているのは、もっと他のことなの。ごめんね、怖い思いさせてしまった……」

エイスケは恐る恐るといった様子で顔を上げた。親子の目が合った。

「あなたが大事よ。私の子どもに生まれてきてくれてありがとう。もっとたくさん話さないといけないことがあるの……話したいの……」

「うん……」

亀地はもう涙をこらえることも隠すこともできなかった。エイスケは亀地に頭を抱き寄せられ、そっともたれた。

「僕も、お母さんに話したいことがあるよ」

親子は子ども部屋で話し合うことになった。

そしてしばらくのちに部屋から出てきた彼らは、その前とは見違えるように明るい表情をしていた。

「これからおじいちゃんとおばあちゃんに会いに行くんだ！　今度は僕がおじいちゃんたちを説得するからね、大丈夫」

エイスケは千春に勢い込んでそう話した。亀地も穏やかな笑みを浮かべて、息子の肩を抱き寄せた。

「私が話すから、もう心配しないでね。今度はわかってもらうまで帰らないよ」

母親の言葉に、エイスケは嬉《うれ》しそうにはにかみ、千春たちの視線が気になるのか、頭を撫《な》でる手を恥ずかしそうに避けていた。

「これを持って行ってくれるかな？」

ユウがそう言って、エイスケに袋を差し出した。中身はもちろんあの甘エビのエビフライだ。

「これからおじいちゃんちに行くと、きっとおじいちゃんちでも夜ごはんが準備してあると思うんだ。みんなで話し合って、お母さんとエイスケ君、おじいちゃんとおばあちゃん、またみんなでごはんを食べられるようになったら、これも一緒に食べてほしいんだ。そのために、美味《おい》しいエビフライ、たくさん作ってきたからね」

「ありがとう、店長さん！」

「うん。どういたしまして」

　エイスケは笑顔だった。乳歯が一本抜けているのが見える。考えてみればこの子のこんな笑顔を見たことがなかったから、歯が抜けているのも初めて見た。

　エイスケは千春の方を向いて、その笑顔で言った。

「ありがとう、お姉さん！」

　千春はむずがゆさを覚えつつも、同じくらいの笑顔で返した。

「どういたしまして！」


　千春とユウはマンションの前で親子と別れ、彼らの遠ざかっていく背中を見送った。エイスケは時折こちらを振り向いて、手を振っている。亀地はそのたびに千春たちに頭を下げていた。母と手をつないだエイスケは、弾むような足取りだった。

　それを見て、千春は、そうか、この年の子はまだ母親と手をつないで歩いてくれるんだな、なんてことを考えていた。小学生にもなると、特に男子は親と一緒にいるところを見られたがらない。手をつないでいたりなんかしたら、翌日からからかいの的にされる。だからたぶん、千春の同級生の中にも親と手をつなぐ子はいたのだろうが、学校の友達に見られないようにしていたのだろう。自分も親と普通に手をつないでいたが、子ども特有の近視眼で、そんなことをしているのは自分だけのような気がしていた。

「うまくいきますかね……」

くま弁へ向かって歩き出した千春がそう呟《つぶや》くと、ユウが微笑みながら頷《うなず》いた。

「大丈夫ですよ」

「でも、亀地さんのご両親は凄《すご》く怒ってたみたいで……和解できないってことだって……」

あるいは、時間をかければ関係は修復できるかもしれないが、今日いきなり食卓を囲むことはできないかもしれない。

「もし和解できなかったら、エビフライだけのお弁当になりますよ」

「……………気にするところはそこですか？」

ユウは呆《あき》れ顔《がお》だった。千春は失礼な、と眉《まゆ》をひそめた。

「いや、もちろん、エイスケ君がショック受けるんじゃないかとか、そういうことも心配ですよ。親子の関係なんて、外からはなかなかわからないものだし、うまくいくとは限らないじゃないですか」

「そうですねえ……実は、亀地様は以前からよく来店してくださっていて……」

「え？」

それはおかしい。亀地はこの前千春が店を手伝っている時に来たのが初来店だと言っていた。

「ご両親の方ですよ」

「え……あー！」

千春は夜も遅いのに大きな声を出してしまい、慌てて声を潜めた。まだこの辺りは住宅街なのだ。

「亀地さんのご両親ってことですよね。おじいちゃんおばあちゃんの方……」

「はい。亀地様はご夫婦でよく来店してくださっているのですが、最近はお嬢様とお孫様のことでお悩みだと伺っています。僕も、若い人はどう思うのかって、アドバイスを求められたりしていました」

「はあ、なるほど……それでなんて答えたんですか？」

「難しいかもしれませんが、信じて見守ってほしいと思いますとお答えしました。そうしたら、ご夫婦もそういう気持ちがあるからこそ、お悩みのご様子で……」

なるほど、確かに、娘に対する怒りとか、懲罰感情だけであれば、そこまで悩みはしないだろう。娘を信じて見守りたいが、これまでの年月に積み重ねてきた軋轢《あつれき》もあり、傷ついた孫も目の前にして、厳しい態度を取ってしまったということか。

「じゃあ、ユウさんは、そういう諸々《もろもろ》を承知の上で、エビフライ弁当を作ったんですね。エビフライだけ弁当を」

「そういうことになりますね」

「教えてくれたっていいじゃないですか」

「僕もうっかりしてまして」

ふふ、とユウはおかしそうに笑っていた。あまり申し訳なさそうな雰囲気ではない。考えてみれば、別に千春が事情を知らなくてもあまり問題はなかったのだろう。むしろ、知っていたら色々考えてしまって亀地にも話しにくかったかもしれない。納得しつつも意地の悪さを感じて、千春はユウを睨《にら》み付けた。

ユウは千春が怒っていることに気付いて、すみません、と今度はいくらか申し訳なさそうに謝ってきた。千春は思わず笑って、隣を行くユウの指先に指先を絡めた。ユウは握り返してくれる。すぐに応《こた》えてもらえたことへの安堵《あんど》と嬉しさをかみしめながら、千春はユウとともに夜の住宅街を心持ちゆっくり歩いた。

九月の夜は涼しく、秋の深まりが感じられた。


揚げたてのエビフライを頬張り、千春は声にならない声を上げた。

店に戻ると、ユウがわざわざエビフライを揚げてくれたのだ。ざくざくとした厚めの衣に守られた甘エビは、小ぶりながらもぷりっとして、特製タルタルソースが濃厚な甘みを引き立てている。ソースに含まれるディルがふんわり香って、それがまた全体をさっぱりとした風味で包んでくれるので、幾つも食べられる。

千春は次のエビフライにもう箸《はし》を伸ばしながら言った。

「美味しいですね〜！」

大きなエビフライも好きだが、味が濃厚な甘エビのエビフライも良いものだ。尻尾《しっぽ》までカリカリで、その食感も楽しい。

大きな皿に山盛りのエビフライは、かなり贅沢《ぜいたく》だ。

千春は調子よく次から次へとぱくぱく食べていく。休日のくま弁の休憩室には穏やかな空気が流れていて、ユウはその様子を嬉しそうに眺め、それからちょっと、壁の鳩時計を見やった。

「エイスケ君も、今頃夕食食べているでしょうか」

「そうですね、和解して、みんなで食卓囲んでるといいですよね……あれ、さっきは大丈夫って言ってたじゃないですか、ユウさん。今更自信なくなりました？」

「いや……まあ、そうですね、やっぱり親子関係は難しいものだと思うので……」

「ううん……そうですねえ……」

千春自身は親子関係でそこまで決定的な対立を迎えたことはない。

だが、ユウは、父親との関係の構築という願いを抱いていた。

結局ユウの父は息子と微妙な距離感のまま死んでしまった。お会いしたかったな、と思った時、千春はユウの母のことを思い出した。彼女はアメリカ在住で、元気に暮らしているということだった。

「そうだ。私、ユウさんのお母様にお目にかかりたいです」

「えっ」

ユウが素《す》っ頓狂《とんきょう》な声を上げて千春を見やった。

「いや……別に会わなくても……母はかなり変わった人なので……」

「えっ、でも別にユウさんとの関係が悪いというわけではないですよね？」

ユウがどうしても母親に会いたくない、会わせたくないのなら仕方ないが、連絡は取っているのだからそこまでの関係ではないだろうと思っていた。

ユウは困惑気味だった。

「まあ……そうですけど、千春さんにいやな思いをさせるかもしれませんし……僕は慣れてますが……」

「はあ……でも、絶縁してるとか、距離を置きたいとかじゃないなら、私としてはご挨《あい》拶《さつ》したいです……」

「そう……そうか、そうなりますよね……」

千春は断られたことに驚きつつも、なんとなく、ユウの言動に一貫性を感じていた。

ユウは千春が一緒に働きたいと言った時、自分の人生に巻き込むようで嫌だと拒絶した
——今回も、彼は母親に会わせることに抵抗があるようだ。つまり、ユウにはまだ、人をそれくらい近しく受け入れるのは抵抗があるのだ。たとえ相手が千春であっても。

「そうなんですねえ……」

うーんと千春は唸《うな》って腕を組んだ。ユウはきょとんとしている。

「いや……うーん、でもやっぱり、とりあえず私は自分の考えを話しておいた方がいい

と思うので、話しますね」

「はい……？」

「ほら、考えてみたら無理矢理ユウさんに受け入れてくださいって言うのも違うなあって思ったんです。でも、とりあえず私はこうしたいですよっていうのは伝えておいてもいいかなと」

「……そうですね。千春さんの考えは知りたいです……えっ、でもなんのことですか？」

「くま弁で私が働くという話です」

　ユウがはっと息を呑《の》んだ。表情が引き締まって、こわばる。ユウにとって、この話題はやはり緊張を強いられるものなのだろう。

「私、ユウさんが受け入れてくれるなら、やっぱりくま弁で働きたいです」

　ユウの表情が曇る――千春は、今度こそもっとしっかり伝えようと、言葉を選んで話しだした。

「私、亀地さんとは毎日のように職場で顔を合わせていますけど、全然知らなかったんです。お子さんがいるっていうのはちょっと聞いていましたけど、それくらいで、お子さんの年齢も、シングルで子育てされてるってことも、知りませんでした。でも、今回、くま弁のお弁当を通して、亀地さんの力になれた……と思うんです」

　ここまでは納得してくれているようだというのを、ユウの表情から推し量る。

「それで、思ったんですけど、人と繋《つな》がること、人を思いやることは、技術とか知識とかではなくて、私にも、誰にでもできて……でも、難しいことなんだなって。相手は拒絶したけど本当にこのままでいいのかとか、こういうやり方は強引じゃないかとか、傷つけるんじゃないかとか……いろんなことを考えて、身動きできなくなることもあります。でも、難しいからこそ私は挑戦したいし、きっとできると思っています。私は、くま弁で、目の前のお客さんの力になりたいんです」

千春はユウの目を見つめて言った。

「私、ユウさんの力になれます。お客さんの力になれます」

ユウは大きく目を見開いてから、瞬《またた》きした。頬が赤いのは気分が昂揚《こうよう》しているからだろうか。ユウに何か、自分の思いのようなものは伝わった気がした。ユウはたぶん、受け止めてくれた。

そのことに千春はほっとした。ユウの答えはわからないが、少なくとも、彼は千春を理解しようとしてくれている。千春の言葉を真剣に考えてくれるだろう。

「か……考える時間を、もらえませんか？」

ユウは戸惑いを見せつつもそう言った。

千春は黙って頷《うなず》いた。

少なくとも、千春の胸は晴れやかだった。

翌日、亀地は出社したが、息子とのことも、両親とのことも、何も言わなかった。仕事中なのだから、当然千春も何も言い出さなかった。

一日の仕事を終えて、千春がロッカーで帰宅準備をしていると、亀地も入ってきた。たまたま一緒になった――というわけではなさそうだった。亀地はまだ帰宅する様子はなく、千春に近づいて、笑みを浮かべた。

「ありがとうございました、小鹿さん。昨日、みんなでごはん食べられました」

「あっ、それはよかったです」

ユウの話を聞く限りは大丈夫だろうとは思ったが、気になっていたので、千春は内心胸をなで下ろした。

「願いが叶《かな》った、本当に魔法のお弁当だったって、エイスケ言ってたんです。お姉さんが魔法のお弁当のこと教えてくれたんだって」

「えへへ、メディアでそう宣伝されてるんです」

「でも、小鹿さんがいたからなんです。くま弁に依頼して、私の話も聞いてくれて。ありがとう……本当に」

こんなにも真っ正面から礼を言われて、千春は照れてしまう。

「いや、そんな……」

「あのね、小鹿さん」

亀地はそっと距離を詰めて、ささやき声で言った。

「あなたがどんな道を選んでも、私応援します」

「亀地さん……」

「上司としては、やっぱり残ってほしいけど……でも、あなたが私たちに話し合うきっかけをくれたの。ふふ……現金なものね、助けてもらったからってこんなふうに。でも、あなたがあのお店でやりたいこと、少しわかった気がしたから」

潜めた声で、いつもより少し砕けた口調でささやかれたが、すぐに亀地はいつもの距離感に戻って言った。

「私はまだ仕事が残っているので、これで失礼します。また……明日《あした》、会社で」

「はい……」

亀地はにこりと微笑んでロッカールームを出て行った。千春は亀地の言葉と最後の笑みを思い返し、反芻《はんすう》した。

ユウからの答えはまだない――。

だが、少なくとも一人、千春の気持ちを応援してくれる人がいた。

そのことが嬉《うれ》しく、自分で思ってもみないくらい励まされて、千春は自然と頰を緩めた。

•第四話• 夢を見つけたはじまりの弁当

おいおい、と胸の中で呟《つぶや》いてしまったのは、その女性客がザンギ弁当を注文した時だ。どう見ても具合が悪そうなのに、揚げ物というのはまずい選択に思えた。

案の定、彼女は揚げ油の匂いに気持ち悪そうに座り込んでしまった。

ザンギを注文した時に、ちゃんと言えばよかっただろうかとユウは考えた。

だが、言うとしてなんと言えばよかったのだろう。顔色が悪いのでザンギはやめた方が無難です？　それは変な目で見られるか、悪くすれば相手を怒らせるだろう。

だが、彼女はもう本当に青ざめた顔になってしまった。小さな身体で重そうな荷物を抱え、くたびれきって具合も悪そうだ。今日、何にもいいことがなかった、というような顔をしていた。いや、これはもちろん彼の主観なので、実際にはいいことの一つや二つはあったのかもしれないが。

そこまで考えて、ユウは自分が彼女を助けたがっているということに気付いた。なんにもいいことがなかったかもしれない彼女の食事が食べたくもないザンギ弁当かもしれないと思うと、なんだかやるせなかった。どうせなら揚げ物は体調の良い時に食べて欲しい。

気付くとユウはその女性客に話しかけていた。

「——今日はザンギの気分でしたか？」

突然の問いかけに、女性客は驚いて伏せていた顔を上げた。

「え？　ええと……どうでしょうね、そうかな」

「ご注文いただければ、メニューにないものでもお作りできますので」

「あー……はい、そうですね、またの機会にお願いしようかな」

「ちなみに、もし今なんでも注文できるとしたら、何が食べたいですか？」

「え」

女性が戸惑った表情を浮かべた。ユウは心配になった。当たり前だが、不審がられている。

それでもユウは、何か力になれればという一心で、彼女に言った。

「お客様のためだけに、お作りいたしますよ」

それを聞いた女性客の頬が上気するのがわかった。なんだか口説き文句みたいだと口にしてから気付いた。ユウの意図をいぶかるような目で、彼女はユウを見つめる。微笑みを浮かべて女性客を安心させようと努めるが、ユウの背中も冷たい汗が伝う。

そして、彼女は口を開く――。

女性客の名前が小鹿千春ということを知り、彼が彼女を小鹿様から小鹿さん、そして千春さんと呼ぶようになるのは、この出会いからまだしばらく後のことだ。

黄色に染まったイチョウの葉が、風に乗って青空を漂う。

イチョウ並木と青空というその鮮烈な色の対比にぼんやりと見入って、千春は中島《なかじま》公園をゆっくり歩いていた。近くに用事があったから、ついでに公園内を少し散策することにしたのだ。

風に翻弄《ほんろう》されるイチョウは休む暇もなく、地面に落ちてさえザアザアと風に吹かれて転がっていて、そのただ中にいる千春は、周囲の光景がどこからどう見てもあまりに様になっているので、絵の中にいるかのように感じていた。

ここ二ヶ月のユウとのやりとりについて考えていた。

千春にとって結婚というのは相手を自分の人生に巻き込むことだし、相手の人生に巻き込まれることだ。少なくとも、そういうものだと思っていた。

だが、ユウは違うのだ、たぶん。

最初は驚いたしショックだったが、そのことでユウを責めるのは違う気がしてきた。できることなら、千春のやり方を押しつけるのではなく、歩み寄りたいと思う。

千春は十月いっぱいで会社を辞めることを上司にも話し、仕事の引き継ぎを進めている。仕事が手を離れていくにつれて、だんだん会社を辞めるのだという実感が湧いてきた。

た。時間を見つけては店の仕込みを手伝ったりもする。桂がパティスリーの開店に向けて忙しくしているから、ユウとしても人手が欲しい時期なのだが、礼を言いながらも彼は複雑そうな顔で、千春を見ている。ここで働きたいという千春の気持ちをどう扱ったものか、まだ答えは出ていないのだろう。

『ユウ君はさ、損な性分してるんだよ』

ユウのことを相談した千春に、そう言ったのは熊野だ。

何かと店を手伝う千春に、彼は語ったのだ。

『何年も前、ユウ君と知り合ってすぐの時の話だけど、俺が腰痛めてて人手が欲しいってことも、ユウ君が仕事探してるってことも、お互い話しててさ、ならとりあえずうちで働いてみないかって誘ったんだ。そしたら、ユウ君、そりゃあもうびっくりして……僕でいいんですかって。いや、それおまえが言うの？　って気分だよこっちは。俺は、東京帰りますって断られるかと思ってたんだ。こんな小さい弁当屋でさ、東京で店やってた人働かせるってのも変な感じだなあと思ってたからさ。でも、すごく嬉しそうだったよ』

その時ユウは裏口に停めた車にばんじゅうを取りに行っているところだった。丸椅子に腰掛けていた熊野は裏口の方を見やって、意地悪そうににやにや笑った。

『そういうやつだから、望ましい変化とか、そういうものを目の前にぶら下げられても、なかなか乗らないと思うよ。遠慮ってだけじゃねえんだよな……自分の未来を、あいつはまだ不確かなものだって思ってるんじゃねえかなあ。いや、そりゃ誰だって不確かなものだよ。いつどんなことが起こるかわからない。でも、ユウ君は特に、そういう考えが強いんじゃないかな。だからこそ、小鹿さんが一緒に店やりたいって言ってくれたこと、嬉しくは思っても、小鹿さんに申し訳なく思うんだよ。自分の不確かさに付き合わせたくないって。本当は、他の人間だって結構不確かな人生送ってるのに、ユウ君は、自分ばかりが不確かな生き方してるって思ってるんだよ』

千春は熊野の言いたいことがなんとなくわかった気がした。ユウは確かにそういうところがある。

今こうして黄葉したイチョウの下を歩きながら、千春は熊野の言葉を思い返していた。千春の思いはもうユウに伝え、ユウもわかってくれている。願わくは、二人にとって望ましい答えにたどり着きたい。

十月の空気はすでに冬の気配を含み、それが肺腑《はいふ》を巡ると、冷たさに目が覚めるようだった。

突然車の音に気付いて、千春は目線を向けた。

イチョウ並木は終わり、車が行き交う片側二車線道路の手前に地下鉄の入り口がぽっかりと口を開けていた。

中島公園は札幌市中心部近くにある二十三万六千平方メートル超の総合公園だ。ここからだと、くま弁までは歩いて十分程度。くま弁は定休日ではあったが、もうすぐユウとの約束の時間だった。千春は公園を出る前に一度振り返り、舞い散るイチョウと青空のコントラストを目に焼き付けた。


ユウはいつも通り、笑顔で迎えてくれた。

「最近冷えてきましたね。寒くはないですか？」

「そうですね、でも歩いていたらそうでもないです」

「お茶とコーヒーはどちらが……」

「紅茶買ってきたんで、私用意しますよ」

千春はそう言って、コートを脱いでハンガーにかけさせてもらい、休憩室とも居間ともなっている和室へ入った。

千春が開封した紅茶の缶から漂う香りに、ユウは目を細めた。

「良い匂いですね。林檎《りんご》ですか？」

「そうです。アップルティーです」

「あっ、今日はパイ生地作ってあるんですけど、アップルパイとミートパイどっちがいいですか？」

「！　アップルパイにしてください、せっかくなので！」

千春が紅茶を量る手を止め振り返ってそう言ったので、ユウはおかしそうに笑みを零《こぼ》した。

「わかりました」

冷え始める季節だったので、ユウは厚手のネルシャツを着て、ジーンズを穿《は》いていた。

ユウは厨房《ちゅうぼう》に行き、紅茶を淹《い》れた千春が厨房を覗《のぞ》いた時には、すでにパイの成形を手早く終えて、林檎の甘煮を詰めているところだった。

「もうそこまで作ってたんですか」

「林檎はあらかじめ煮ておかないとパイ生地がだれるので……」

なるほど、甘煮の熱が生地に伝わりバターが溶けては美味《おい》しいパイにならないのだろう。千春は、自分なら『なんとかなるかなあ』という気持ちで作りたての甘煮を詰めて生地をだれさせそうだな……と思った。

「今回は余市《よいち》産の『あかね』で作ったんですよ」

余市は果物の生産で有名な町で、札幌から日帰りでも行ける距離にあるから、千春も遊びに行ったことがある……あの時は果物の季節ではなかったので、ひたすらウィスキー工場で試飲していたのだが、それだけでも十分楽しかった。

煮た林檎にほんのり赤色がついているのは、皮も一緒に煮たからだろうか。綺麗《きれい》な色で、溶けた砂糖がカラメル状になってそれをコーティングしている。甘酸っぱい匂いが漂ってきて、味を想像して、口に唾《つば》が溢《あふ》れてきてしまう。

「美味しそう……」

「林檎だけならもう食べられますけど……」

「……じゃあ、余ったら食べます」

「これは……どうかな、余らないかな……」

ユウの言う通り、林檎はパイ生地の中にちょうど収まりそうだった。

千春は別に一言も口にはしなかったし態度にも出した覚えはないのだが、ユウは千春をじっと見て、一切れだけ林檎を残したボウルを千春に差し出した。

「どうぞ」

「いや、余ったらって言ったじゃないですか……」

「余りましたよ」

「余らせたっていうんですよ、それ」

「いらないんですか？」

「いただきます……」

千春はユウがボウルを引っ込める前に、さっと林檎をつまんで口に運んだ。キャラメリゼされていたから最初に感じたのは甘みと微《かす》かなほろ苦さ。それから口に広がったのは、閉じ込められた林檎の甘酸っぱい風味。想像していたよりも酸味が強く、風味も強い。

「美味しい……味がしっかりしてますね」

「日本の品種だと紅玉もそうですが、お菓子向きの林檎なんですよ」

千春が美味しそうに食べると、ユウも嬉《うれ》しそうだ。

心地よい距離感だ……と思う。千春としても、別にそこを変えたいわけではない。それとも、一緒に働くことで、そういった距離感や関係性も変化してしまうのだろうか……少なくとも、ユウはそれを恐れているのだろうか？

そういえば、彼は実の父との関係構築のために父の店で働いていたことがあった。結局うまくはいかなかったその経験が、彼が千春の申し出を断る理由の一つになっているのだろうか。

色々に考えていたせいか、気付くとユウは千春を心配そうな目で見ていた。

「どうしました？　苦みが強かったですか？」

「えっ……あ、林檎は美味しいです。その……」

千春は言葉に詰まった。まだ、彼の答えを待つべきであるような気がしていたから、答えを急《せ》かしかねないことは言うべきではないと思った。

その時着信音が鳴り響き、千春は言わずに済んだことにホッとした。

鳴っているのはユウのスマートフォンだった。

ユウが、すみません、と目で千春に謝って電話に出た。

すぐに彼は目を見開いて少し驚いたような顔をした。

言葉に詰まったように口を開けてから一瞬の間がある。

それから、流暢《りゅうちょう》な英語が突然その口から出てきた。

英語での問い合わせということは観光客だろうか……と思ったが、どうもそれにしてはユウの様子がおかしい。

しばらくして電話を切ったユウは、呆然《ぼうぜん》と虚空を見つめている。スマートフォンも手に握りしめたままだ。

「ユウさん……どうかしましたか？」

千春に声をかけられて、ようやく彼は顔を上げて千春を見た。

「あの……アメリカにいた頃の隣人が、亡くなったと……」

あっ、と千春は声を呑《の》み込んだ。今自分が見たユウの反応は、確かにそういう種類のものだったのだ。


出会った時に彼女はすでに六十歳を超えていた、とユウは語った。

千春に引っ張られるように休憩室に連れて行かれ、やっとのことでたどり着いた畳の上に腰が抜けたように座り込んだ彼は、ぽつりぽつりと教えてくれた。

彼女の名前はジュディ。

ユウは両親の離婚に伴い、中学生から母が働くアメリカで暮らし始めた。二度目の引っ越しで郊外の一軒家に親子二人で暮らし始めたが、その時の隣人が、一人暮らしのジュディだ。

当時英語もろくにできずこもりがちだったユウを気にかけて、何かと親切にしてくれたという。

「というか、最初は英語で話しかけられても何を言われてるかわからなくて呆然としていたんですけど、そうしたらすぐに身振りでうちに来い……と誘ってくれて。ついていったら、手作りのクッキーをどっさりくれたんです。で、知らない大人についていったらダメよって、わかりやすい英語でゆっくり話してくれました。僕、たぶん結構年下に見られてたんじゃないかな……」

なるほど……まあ今でもユウは童顔な方だし、実年齢より下に見られていてもおかしくない。

ジュディについて語るユウは、どこか必死だった。必死に語れば、その間、喪失に気付かないふりをしていられると思っているようでもあった。

「ジュディが、僕に料理を教えてくれたんです」

だが、そう言ったきり、ユウは言葉を切った。それ以上の言葉が出てこなかった。胸にできた新しい空洞を前に、彼はただ途方にくれていた。

「……じゃあ、ユウさんにとっては大恩人ですね」

「はい……」

料理は今のユウにとって大事なものだ。仕事にしているのはもちろん、こんなふうに千春と過ごす時間でも料理をする。料理をして、食べてもらう、自分で食べる、誰かと一緒に食べる……それは彼のいくらかを形作っている。千春は顔も知らないジュディの偉大さを思った。人は出会いで変わるのだと、今の千春は知っている。

「さっきのはジュディのお子さんからで、僕、ジュディと時々手紙のやりとりをしていたので、わざわざ連絡してくれたんです。葬儀は二日後だそうです」

「！　行かれないんですか？」

「いや……行って参列して帰って来たら、たぶん三日かかるので、店はそんなに休めないですよ。ケータリングの仕事も入ってますから」

でも……と言いかけて、千春は言葉を呑み込んだ。行きたいのはユウなのだ。死に目に会えずとも、そんな大恩人に最後の別れを言うくらいは……と千春は思うが、店があると言われては強く言えない。この店はユウにとってやはりとても大事なものだし、そもそも急に休めば信用に関わるから簡単に何日も休めるものではない。

その時、玄関のドアが開く音と、ただいま、と言う声が聞こえてきた。

千春は、ハッとして立ち上がり、帰宅した家の主人を迎えた——つまり熊野を。

「熊野さん……」

熊野は玄関で靴を脱いでいた。千春の声に気付いて振り返る。

「やあ、小鹿さん……何かあったのかい？」

千春の表情に異変を感じ取って、熊野は心配そうに訊《き》いてきた。

話を聞いた熊野は、強硬に、ユウに葬儀に参列するように言った。

「だって恩人だろ。葬式くらい行けって」

「しかし、店が……」

「三日くらい俺がやるよ。桂君にも来てもらえるんだ」

「いや、でも熊野さんの腰がですね……」

「だから、手術もしたんだし、最近は調子良いから大丈夫だって」

休憩室でちゃぶ台を挟んで、ユウと熊野は対峙《たいじ》していた。どちらかというと熊野が優勢に見える。千春は二人に淹《い》れ立てのアップルティーを出した。

「あ、悪いね、小鹿さん……だからさユウ君、行っておいでって。ケータリングも全部助六寿司《すけろくずし》だろ？　それなら俺がやっておくから」

寿司系はむしろユウより熊野の方が得意だ。

困り顔で黙り込んだユウを見て、熊野はため息を吐いた。

「意地張るもんじゃないよ、本当に最後の別れなんだから」

「私も微力ながらお手伝いしますよ」

シフトを調整する必要はあるが、そこはたぶんなんとかなる。

ユウは熊野と千春を見て、最後には、頭を下げた。

「ありがとうございます。よろしくお願いします」

ホッとして、千春は熊野と顔を見合わせた。熊野も、やれやれ、という顔で、笑っていた。

ユウは、翌十五日の午後の便でアメリカに飛び立った。成田《なりた》を経由して向こうに着くのは日本時間で十六日の朝、十四時間の時差のため、現地では十五日の夕方となる。

千春はその日はどうしても休めず、夕方から来たのだが、熊野が出迎えて、ユウの出発前の様子について教えてくれた。

「さっさと行けって言ってんのにさ、あいつぎりぎりまで仕込みしてったよ」

新千歳《しんちとせ》発が十四時過ぎの便だから確かに午前中は買い出しも仕込みも可能だろうし、できるかぎりやっていこうとするユウはたやすく想像できたので、千春は納得した。

「でしょうね……」

「まあ、おかげで今日の準備は楽だったよ」

「あ、今日はこの後閉店までお手伝いできますよ、あと明日《あした》と明後日《あさって》も大丈夫です！」

「そうかい？　悪いね。でもユウ君みたいに遠慮しないからね、頼んじゃうよ、俺は」

「どうぞどうぞ」

千春は笑って答え、中途半端な長さの髪をまとめ、エプロンと帽子を貸してもらい、爪の間、前腕部まで、入念に手洗いをした。

「よし、そろそろ開店だ。桂君、小鹿さん、頼んだよ。俺はほら……もう一回引退してるからさ。忘れてることとあったら声かけて教えてくれよ」

そう言って、熊野はよろしく頼むと千春と桂に頭を下げた。

「あっ、こちらこそ……」

千春が言っている間にピピッという音が鳴った。ごはんを炊くためにセットしていたタイマーだ。桂はさっさとそちらに行って火を止めた。

「蒸らすのぎりぎりですかね」

そう言いながら壁の時計を見上げている。熊野も時計を見て頷《うなず》いた。

「大丈夫、ちょうどいいよ。小鹿さん、外頼んでいいかい？」

「はい！」

千春はメニューを手に店を出た。


結局、その日は三人で乗り切ることができた。

桂はさすがにバイト歴がそこそこ長いだけあって仕事は手慣れていたし、千春も何度か手伝いを経験して勝手はわかってきたところだ。熊野はそもそもかつては一人で店を切り盛りしていた。常連客がユウの不在に気付いて声をかけてくるくらいで、その日は特に問題も起こらず、夜が更け、弁当は完売し、終電前に店を閉めることができた。

これならなんとかなるんじゃないか、と千春は思った。

だが、翌日、店に入った千春は熊野が丸椅子に座っているのを見て、ハッとして駆け寄った。

熊野は、明らかに腰を庇《かば》うような仕草をしていた。

「大丈夫ですか？　痛いところありますか？」

千春が来たと気付いて熊野はなんでもないそぶりを見せようとしたが、すぐにまた顔を顰《しか》めた。

「腰ですか？　とりあえず移動できたら休憩室で休んで……」

「いや、いいよ。少しここで休むから」

痛みが出ている時に無理に動かすのも怖かったので、千春は熊野の言葉を聞いてその場で様子を見ることにした。

「薬とか何かありますか？」

「いや……さっき痛み止め飲んだから」

なら、あまりできることはなさそうだ。千春は周囲を見回した——熊野の手には、画鋲《がびょう》が入った透明のケースがある。勘づいて、千春は壁を見やった。秋用行楽弁当の貼り紙が目に入る。弁当の写真が使われて、要予約という文字が躍るが、右上からめくれていて、値段や期間などが読めなくなっている。

「ああ、これ、端っこ剝《は》がれてたからさ、直そうと思ったら……」

「そういうのは、私か桂君にやらせてくださいよ」

「そうだよなあ、失敗したよ」

熊野はそう言って頭を撫《な》で上げた。禿頭《とくとう》に汗が滲《にじ》んでいる。

千春はひとまず壁から剝がれかけた貼り紙をきちんと貼り直した。桂もそろそろ来る時間だ。厨房《ちゅうぼう》を見ると仕込みは一部済んでいる。

「熊野さん、これ何したらいいですか？」

「ああ、もうすぐ桂君戻るから、そうしたら――」

話す間にも、裏口が開く音がした。駐車場はそちらにある。この時間だと、桂は昼のケータリングに出ているところだったのだろう。

すぐに桂が店に戻り――やはり千春同様、熊野を見て表情を曇らせた。

「え……何、大丈夫なんですか？　病院行きます？」

「いいよ。そんな大事じゃない……お、少し痛み引いてきたな」

そう言って、熊野は立ち上がろうとするので、千春と桂で慌てて止めた。

「とにかく、指示だけもらえればやりますから」

「じゃあ……桂君、休憩取ったらさっき言ったやつの続き頼むわ、小鹿さんも一緒に、教えてあげて」

「はい。……熊野さん、もういっそ寝てません？」

「そこまでじゃねえって……」

昼食後、千春は桂に教えてもらいながら、仕込みを手伝った。

熊野は時間経過とともに少し楽になったようだが、椅子に座らせて指示だけしてもらうことにした。

桂が手慣れていたからなんとかなっているが、その桂もクリスマス商戦の頃にはパティスリーに移ってしまう。ユウがいないのは今だけだが、桂は十二月になればもうずっといないのだ。

大丈夫かな、と千春はちょっと思ってしまった。新しいバイトを雇うにしろ、千春がここで働くことをユウが受け入れてくれるにしろ、いきなり桂のようにはできないだろう。いや、それでももちろん、ユウがいる限り、店はやっていけるだろうが。

しかし拭《ぬぐ》いきれない不安がある。桂がいなくなるのは大変だろうし寂しいだろうが、どうしてこんなにも胸がざわつくのか。

そうか、と千春は気付いた。今はユウがいない。

明日の夜には彼は帰る。フライト時間を考えるとかなりの強行日程だったが、とにかく帰るつもりでいるそうだ。

もし帰れなかったら――帰らなかったら――突然頭にそんな無意味な仮定が浮かんだ。バカみたいな仮定で、千春はすぐに否定した。ユウは帰る。

それなのに、頭の中ではそのくだらない仮定をあだこうだと考えてしまう。

もしユウが戻らなければ、店を続けていくことはできないだろう。熊野は腰を痛めているし、ユウがいなければとっくにこの店も閉めていただろう。仮にユウが戻らず、店を続けていこうとするなら、他に料理ができる人を雇う必要がある。

だが、誰もユウのようにはできないだろう。

客の小さな望みを拾い上げ、弁当を作る。彼の察しの良さと、お節介《おせっかい》さと、人当たりの良さと……いろいろなものがなければダメだ。もちろん料理だって美味しくなければ。

熊野が始めてユウが受け継いだこの店は、もうユウなしでは続けられない。

「小鹿さん？」

名前を呼ばれて千春は我に返った。

熊野は厨房から休憩室に通じる戸口の前に椅子を置いて座っているが、いぶかしげな目で千春を見ていた。熊野は膝《ひざ》に置いたボウルの中でインゲンの筋を取っているところで、千春は野菜を洗っているところだった――流水で丁寧に。時間をかけすぎて、もう指先の感覚がなくなってきた。

「おっと」

千春は慌てて蛇口の栓を捻《ひね》って水を止めた。十月も半ばを過ぎて、水道水は冷たくなっていた。

「すみません、もったいないことしちゃって……」

「いいけどさ。どうかした？」

「いえ……」

洗った青菜を冷水から引き上げてざるに入れ水を切る。根元の泥もすっかり落ちている。

「大丈夫ですか、小鹿さん。これで小鹿さんまで倒れたら、店本格的にやばいですよ……」

桂までそう言ってきた。いやいや、大丈夫、と千春が笑うと、桂は茹《ゆ》で上がったじゃがいものお湯を捨てながら言った。

「ユウさんって本当に明日《あした》帰れるんですか？」

千春の仮定とは少し違うが、似たところがあるその問いかけに、千春は内心どきりとした。

「本当にって？」

熊野が訊《き》くと、桂は憂鬱《ゆううつ》そうな表情で答えた。

「だって、二泊三日……いや、一泊三日で、しかも帰りは昼の便でしょ。その日の午前中が葬儀じゃないんですか？」

スケジュールを聞いていた千春が説明した。

「そう、ええと……昨日の午後の便で行って、日本の翌朝……向こうの十五日の夕方くらいに着いて、それからその日の夜にビューイング……？　という、あの、故人のおうちでお別れのご挨拶《あいさつ》するのがあって、次の日の午前中が葬儀で、昼の飛行機に乗って帰ってくるって言ってたよ……」

「いや……それ、無茶でしょ。国際線ですよ、飛行機だってぎりぎりにチェックインできるわけじゃないでしょ」

「うーん、二時間前とかには空港着いておきたいよね……」

桂は憂鬱そうな顔で、茹でたじゃがいもの皮を剝《む》きながら言った。

「ユウさん帰れなかったら、きついですね」

「うん……」

思わず千春も頷《うなず》いた。実際その通りだったのだ。

「そしたらユウさん不在が三日じゃなくて四日になりますよね。うーん、俺は大丈夫ですけど、熊野さんはどうですか？　小鹿さんだって、四日目は休み取ってないですよね？」

「いや、俺は大丈夫……」

「それ無理やって動けなくなってユウさんすごい落ち込むパターンじゃないですか。そもそも俺は、別に四日目に限らず、何日か休むくらいいいんじゃないかって思いますけどね」

桂がずばり言った。確かに、今回のことで熊野が腰を痛めて動けなくなってしまったりしたら、ユウはものすごく落ち込むだろうな……というのは千春も同感だった。

「三日目に帰れなくて四日に延びたら、四日目は休業にした方がいいんじゃないですか？　幸い、ケータリングの予約は入ってませんし」

「……そうだな」

熊野は、苦笑しながらも認めた。

「ただなあ、こう……厨房にいると、余計に惜しくなってな。いや、別に一日休んだからってなくなったりはしねえのはわかってるんだが……」

「惜しい……」

千春が口の中で呟《つぶや》くと、熊野は頷いた。

「そう。休むのが惜しいって。だってな、お客さんが来てくれている。俺だって、身体はまあ動く。一緒にやってくれる桂君や、小鹿さんもいる。ユウ君がいるからこそ店を続けていられるのは確かだが、逆に言えば、ユウ君がいるからって、店がいつまでも続くとは限らねえんだ」

えっ、と千春は口にしそうになった。自分の将来を考える上でそういう仮定をしたことはあるが、熊野はユウのことを信頼して店を継いでもらおうとしているのだし、そんな仮定でものを考えるとは思っていなかった。

意外そうな千春に気付いて、熊野は笑い、筋を取り終えたインゲンのボウルを桂に渡した。

「俺だって、考えることとくらいはあるさ。そもそも、店を安定的に経営していくっていうのが難しいことなんだ。ユウ君がいたって、それは変わらない。俺自身、店を閉じようと考えたこともあるんだ。ユウ君がいたから今も続けられるってだけさ。それに、お客さんだね。お客さんが来てくれるから、結局のところ今もこの店はあるんだよ」

熊野はぐるりを——使い込まれた厨房の設備を、メニューが貼り出された店の壁を、小さく、古めかしいものの、清潔で大事にされてきた店を見渡して、白い歯を見せて笑った。

「こんなおんぼろの店が今もお客さんに求められているっていうのは、俺にとっては奇跡みたいなもんなんだよ」

千春は熊野の言葉を胸の中で繰り返した。奇跡——千春は熊野の思いを大切にしようと思った。今この瞬間が奇跡なのだ。千春がくま弁とユウに出会えたこと、思いを通わせられたこと、そしてこの店を手伝えること。いつかそのうちのどれかが手のひらからこぼれ落ちていくことがあるとしても、今この瞬間千春は奇跡の巡り合わせの中にいる。

しかし、桂は眉《まゆ》を顰《ひそ》めて言い返した。

「そんなこと言ったって、身体壊したらしょうがないでしょ。無理しないでください」

どうも少なからず怒っているようにも見える。熊野は参ったな、と笑って自分の禿頭《とくとう》を撫《な》でた。祖父と孫くらいの年の差がある二人だが、なんだかそのやりとりは本当の祖父と孫のようだった。


二日目は熊野には極力休んでもらったものの、仕上げの段階ではやはり熊野がやらなければいけないことが多く、一日が終わる頃にはさすがに辛《つら》そうに見えた。

ユウの帰国は三日目の夜になる予定で、成田から新千歳行きに乗り継ぎして札幌に帰り着くのは二十時頃になるだろうか。向こうを昼過ぎに出発すると言っていて、時差が十四時間あるので、日本時間で夜中出発の飛行機だ。あまり邪魔したくないので連絡は入れていないが、現地で海外SIMを買うと言っていたので、向こうから連絡を取ろうと思えば取れるはずだ。何も知らせがないのは、何も問題がないからだろう。

三日目の朝目覚めた千春は、スマートフォンにユウからの着信がないか探してしまった。無事に飛行機に乗ったとか、乗れなかったとか……何か一報があるかと思ったがそれもなく、今頃はもう飛行機だろうなと考えるに留《とど》めた。

三日目ともなると、常連客も、熊野の様子を心配し出した。

「大丈夫？　熊野さん、顔色悪くないですか？」

常連の一人、黒川がそう声をかけると、熊野は餃子《ギョーザ》を焼きながらにやりと笑った。

「何言ってんの、絶好調だよ」

「そうですか？　でもなんか……」

話す間にも餃子が出来る。千春が容器を用意して、熊野が焼いた餃子を受け取る。

「エビ餃子弁当お待たせしました」

「ほら、黒川さん注文決まってないの？」

「ん～」

まだ十八時前で、店は混雑し、客も店の外に並んでいた。列を整理しに行かないと、と千春は思った。このレジ打ちが終わったら行こう。桂は揚げ物をしていて忙しい。熊野は大丈夫だろうかとちらりと見ると、確かに黒川の言葉通り、顔色が悪いように見えた。それでも空になった大きな鍋《なべ》を抱えている――豚汁の売れ行きが良くてもうなくなったのだ。中身は空とはいえ鍋は大きく重そうだ。腰に悪そうだから替わらなければ、と千春が思った次の瞬間、熊野が驚きに目を見開いた。

黒川がいつのまにか厨房《ちゅうぼう》に入ってきて、鍋を抱えたのだ。

「えっ」

「ちょっと黒川さん、何してくれてんだい、困るよ、いきなり」

「え？　重そうだったので……」

「手も洗ってないだろ、あんた」

「あ、そっちの休憩室の方で洗ってきましたよ」

「いや、だからって……」

「じゃあエプロンの洗い替えとか貸してくださいよ」

普段は口が達者な熊野が、なかなか言い返せずにいる。

「これ使っていいですよ」

さっさと桂がエプロンを持ってきて、白い大きいな布巾《ふきん》を彼の頭に巻いた。

「これ帽子代わりで」

「ありがとう！」

「買い取りでお願いしますね、布巾は」

「あ、うん……」

しょんぼりした黒川を見て、かなり年下の桂はにやにや笑った。

「冗談ですよ、また手伝ってもらえるように取っておきます。それじゃ、その鍋あっちで洗っておいてください」

「はいはい」

「あっ、じゃあ私外見てきます、黒川さん、レジ打ちできます？」

「できますよ～」

千春は素早く厨房を出て、行列を整えようと店の外に急いだ。

そして近隣店舗の前にはみ出しかけていた列を整え、注文を確認して戻ると、なぜかさらに厨房内に人が増えていた。

「片倉《かたくら》さん!?」

人気占い師カタリナとして知られる片倉もくま弁の常連だ。彼女はいつも神秘的な長い裾《すそ》の服に宝石をちりばめたベールをかぶっているのだが、今日は髪をまとめて白いレースのついた三角巾《さんかくきん》で覆い、さらにシンプルな黒いシャツワンピースにエプロンを締めていた。

「あら、小鹿さん」

片倉はにこりと微笑んだ。その場の空気ががらりと変わるような、神秘的な、それでいて慈しみ溢《あふ》れる笑みだ。

「どうも、あの……どうしてここに、それにその格好は……」

「私もお手伝いしようと思ったんですよ。さっき桂さんにお話を伺いましたから、一度戻って支度を調えてきました」

いつもと違って装飾品のない彼女は親しみやすい感じで、しかもやはりいつも通り美しい。

「片倉さんそっち終わりました？」

「はい、洗いました」

「じゃあ、米追加で炊く分のやつ用意しておいてください！」

桂はてきぱきと指示を飛ばす。熊野は、と見ると、なんとなく居心地悪そうな顔でフライヤーの前に陣取って、天ぷらの揚げ具合に目を光らせていた。

「えーと……」

突然二人も増えて、千春は仕事を見失ってしまった。すると今度は黒川から、小鹿さん、と呼ばれる。

「すみません、レジ打ちなんですけど……これ紙なくなっちゃって」

「あっ、はいはい、今行きます」

ばたばたと千春もレジスターの前に戻り、新しいロール紙を入れ直し、レジ打ちを引き継ぐ。

厨房内はさすがに働き手が多すぎてぎゅうぎゅうになってしまい、鍋洗いや米を研ぐなど休憩室奥のミニキッチンでできるものはそちらへ運び込んでやる形になった。

だが、おかげで客の整列に人手を割けるし、多少余裕が生まれた。慌ただしくも、それぞれできることをやり、また、片倉や黒川を見て他の常連の中にも、なら列を整えてくるよとか、あとで取りに来るから急がなくていいとか、それぞれ気を遣ってくれる人も現れた。

一番混雑するのは開店直後から十九時程度までなのだが、今日は十九時を過ぎても客は店の前に並び続けていた。雑誌で紹介された影響だろうか。千春が列を整えようと外に出ると、列が延びて隣の店の前に届いていた。隣の店はもう閉店している時間帯ではあるがあまりよくない状況だったので、千春は列を折り返させようと近づいた。

その時、ちょうど隣の店の前に立っていた客に、話しかける女性がいた。

「ここ、隣の店の前だから列折り返した方がいいですよ」

話しかけたのは千春と同じくらい小柄な若い女性で、千春は彼女をよく知っていた。話しかけられた方も何度か店で顔を見たことがある常連で、すぐに折り返し、後ろの人にも教えていた。

「宇佐《うさ》さん！」

千春は最初に話しかけた方の若い女性に声をかけた。宇佐、と呼ばれた女性は振り向いて、そのややつり上がり気味の目でじろっと千春を見やった。

「こういうの気になっちゃうんですよね。余計なお世話かと思いましたけど、隣の店の前まで並ばせちゃダメですよ」

「そうだよね、ありがとう！」

「なんだか忙しそうですけど大丈夫ですか？　それにその格好……」

宇佐は千春を一瞥《いちべつ》して顔をしかめた。

いですね」

「……連休取ったのは退職前の有休消化かと思ってましたけど、何か事情があったみたいですね」

「いやあ、実は……」

千春が説明しようとすると、宇佐は、手を上げてそれを制した。

「説明は結構です。今そんなこと悠長に聞いている状況ではないでしょう。ここの列は整えて、メニューも回して注文聞いておきますよ」

「えっ……！」

宇佐は手を伸ばして千春からメニューを受け取ろうとした。が、千春はすぐには渡さず、心配そうに尋ねた。

「いいの？　その……」

宇佐の実家はかつて弁当屋さんだったのだ。店の手伝いには慣れているのかもしれないが、宇佐は弁当屋というものに複雑な感情を抱いていたはずだ。

だが、宇佐は呆《あき》れ顔《がお》で千春からメニューを奪い取った。

「お気になさらず！　こっちは小鹿さんよりよっぽど店の手伝いにも慣れてるんですからね。ほら、列の前の方の人、もう注文決まってるんじゃないですか？」

「あっ……」

千春は言われて振り返ったが、確かに列の前方に並ぶ客はメニューを持っているものの、もう見てはいない。

「ええと……あの、じゃあ、後はお願い！」

しっ、しっ、と言わんばかりに宇佐は手を振って千春を追い払った。

千春が先頭の客に注文を聞きながらちらっと宇佐の方を見ると、彼女はてきぱきと列を直し、メニューを回している。

頼りになるその後ろ姿を眺めていたら、客に声をかけられて、千春は慌てて対応に走った。


二十時を回ると、さすがに店の混雑にも終わりが見えてきた。

「お疲れ様でした、今日はもう大丈夫ですよ」

千春は片倉にそう声をかけた。片倉は意外そうに目を瞬《またた》かせた。

「あら、まだお客様いらっしゃるようですけれど……」

「そろそろお客様も減ってくる時間帯なんですよ」

「そうですか……」

片倉は小首を傾《かし》げた。どうも腑《ふ》に落ちないというか、釈然としない様子に見えた。

だが、何しろ実際に来客は減って列もすでに解消されていたので、千春は心配する片倉に言った。

「片倉さんだって、明日《あした》もお仕事あるんでしょう？　帰って休んでください。あ、お弁当ご用意しますから待っててくださいね！」

「そう……いえ、でももう少しだけ……」

片倉がそう言った時だった。

突然、背後から声をかけられた。

「千春さんっ」

元気の良い、若い女性の声だ。背後から声がかけられたことに千春は驚いた。千春は店のカウンターの前にいたから、背後というと休憩室の方だ。確かにさっき、疲れが見える熊野を黒川が休憩室に連れて行ったが、当たり前だが熊野と黒川の声ではない。

声に聞き覚えがあった千春は、まさか、と思って振り返った。

「わっ、若菜《わかな》ちゃん！」

若菜は高校時代の恩師とともに来店して以来、店の常連になった若い女性客だ。当初は箸《はし》が苦手でスプーンで食べられるものばかり注文していたのだが、練習を重ねて今では箸も上手になり、その上料理教室にも通ってすっかり料理上手になっていた——たぶん、ろくに自炊しない千春よりも。

「先生からさっき連絡来てて。それで何かできないかなって」

「ええ～、そうだったの⁉」

彼女が言う「先生」はくま弁の常連の女性のことだ。確かに彼女はしばらく前に来店して、忙しそうな店の様子に驚いて、事情を訊《き》いてきた。その後、若菜に連絡したのだろう。

「大丈夫そうですね。わたくしはこれでお暇《いとま》しますね」

若菜を見てにこにこ笑いながら、片倉が言った。

どうやらもう心配はしていないらしく、桂から弁当を受け取ると、さっと身支度を整えて出て行ってしまった。

「あっ、ありがとうございました！」

千春は声をかけて見送った。

だが、片倉と入れ替わりでドカドカと学生の集団が入ってきた。何かの集まりの帰りなのか、それともこれから集まりがあるのかはわからないが、何人もで話しながら楽しそうにメニューを見ている。千春はいらっしゃいませと声がけしながら、外に出たが、すでに外にも学生たちははみ出て、一気に店も店の前も混雑していた。

店の内外を合わせると、十人以上いる。

幸いすぐに気付いた宇佐がまた列を作るよう誘導してくれたが、この時間にこんなに来客があるとは想像していなかった千春は、自分の見通しの甘さを呪った。くま弁は小さな店で、しかもフライなどは注文を受けてから揚げるので、どうしても時間がかかる。幸い若菜が入ってくれて、揚がったカツを切る、惣菜《そうざい》を量って盛り付けるなどの簡単な調理補助をしてくれるのでまだよかった。レジ打ちを担当しながら、千春はふと片倉の心配した様子を思い出した。

そして、片倉がよく当たると評判の占い師であることを。

いや、とにかくこんなことは今考えるべきことではない。千春は接客に集中することにした。

か何かあって、ああして安心した様子で帰っていった……とか？

んらかの悪い予感でもしていたのかもしれない。若菜の登場でその悪い予感が薄れると

まさか、この事態を予想していたのだろうか？　いや、予想とまではいかずとも、な

「……ん？」

なんとか学生のグループを無事に送り出し、千春は息を吐いた。来客はありがたいが、集中すると大変だ。くま弁は小さな店で、もちろん厨房《ちゅうぼう》も狭いので、一緒に働けるのは三人が限界だ。押し出された人間は休憩室奥のミニキッチンを使ったり、厨房の外で客に対応したりした。

片倉と入れ替わりで入った若菜は厨房で盛り付けなどを手伝い、桂はフライを揚げる。千春がレジを担当している。

店の中に入ってきた宇佐は、借りていたエプロンを畳むと、千春に渡した。

「じゃあ、外も落ち着いたみたいなんで、私帰りますよ」

「あっ、ありがとう、今日は本当に……！　お弁当、今ごはん詰めるから持って行ってくれる？」

「おや、いただきます」

千春はあらかじめ用意していた弁当箱に急いでごはんをよそった。あまり待たせるとさっと帰ってしまって、弁当も渡せないのだ。皆本当は弁当を買いに来ているのに。

宇佐は袋に入った弁当を受け取り、じっとその弁当を見つめた。ごはんの温みが伝わっているのか、その表情はわずかに緩んでいる。

「こんな時間にこんなにお客様がいらっしゃるなんて、ありがたい話ですよ」

宇佐はぽつりとそう言った。それから顔を上げて笑った。

「この『お手伝い』は、私からの餞別《せんべつ》だとでも思ってください」

ちょっと寂しそうにも見えるその表情に、千春はハッとした。

自分は、もうすぐ彼女と同僚ではなくなるのだ。

千春は咄嗟《とっさ》に、弁当の袋を持つ宇佐の手を両手で握った。

「また会えるよ、市内なんだし、その……私はまた会いたいと思っているから」

一応先輩と後輩という立場だったことを思い出し、押しつけがましくならないようにと千春は言葉を選んだ……つもりだったが、あまりうまく言えなかった気がする。

宇佐は千春を見つめていたが、突然、ぷ、と吹き出すように笑った。

「いいですよ、友達ってことで。また気軽に声かけてください、旦那《だんな》の愚痴くらいは聞きますから」

宇佐らしい言い方に、千春もつられて笑ってしまった。

「おやすみなさい」

そう言って片手を振って、宇佐は帰っていった。

「なんとか間に合いましたね、ごはん」

そう言ったのは、厨房で釜《かま》のごはんの残量を確認していた黒川だ。

「さっきの学生さん、みんな大盛りでしたもんね」

くま弁は二時間に一回はごはんを炊いて、そのたびに古いごはんは廃棄している。炊きたてを提供するために時間帯に合わせて量を加減しているのだが、今回は普段混雑しない時間帯に一気に客が来たものだから、危うく足りなくなるところだった。

「もう新しいごはんできてますから、釜洗って新しいのセット……いや、もういらないかな、待ってください」

桂が指示を引っ込め、今日出た弁当の個数をチェックした。

「うーん……もう二十一時になるところなんで、次のごはんは炊かなくていいかな……」

「いや、炊いておいてくれよ。みんなの夜食作るから」

夜食、という言葉に黒川が嬉《うれ》しそうな顔をした。

「えっ、確かにおなか減りましたけど、いいんですか？」

「あり合わせになるけど、空腹で帰すわけにいかないだろ。元々客で来てるんだから」

「あ、私もう帰らないと」

明日朝早いんだ……と申し訳なさそうな顔で言ったのは若菜だ。若菜は時計を見て休憩室に行き、鞄《かばん》を取って戻ってきた。

「お弁当！　あるから持っていってね。今日は本当にありがとう」

「うん」

若菜は笑顔で頷《うなず》いた。嬉しそうな、しっかりと自信を持った表情だった。

「千春さんとくま弁には助けてもらったから、その恩返し。それじゃ、またお料理教室でね、熊さん」

若菜は熊野に手を振り、弁当を受け取って店を出た。

それと入れ違いで、今度は男性客が入ってきた。いや、今日の彼は客のつもりではないな、というのはすぐにわかった。彼は急いでいて、息を切らして、店に駆け込んできたので。

「あのっ、遅れましたがお手伝いに来ました！」

仕事帰りの竜ヶ崎だ。熊野の義理の息子は、熊野を見て、顔をしかめた。

「お義父《とう》さん、腰が大変だって聞きましたが……」

「いや、まあ、なんとかなってるぞ」

「桂さんが連絡してくれて……」

桂は熊野に睨《にら》まれ、舌を出した。

「助けはあるに越したことないでしょ」

「おまえな……」

どうも、桂は竜ヶ崎に熊野の腰の不調を少し大げさに伝えていたらしい。竜ヶ崎はすぐにエプロンを締め――ちなみに自前のエプロンを持ってきていた――熊野を休憩室どころか二階へ押しやろうとした。

「とにかく、もう今日は休んでください」

「いや、そりゃまずいだろ、俺いないで変なもの出されたら困るんだよ」

確かに、この中で料理の出来に責任を取れるのは熊野くらいのものだ。

「しかし……」

「じゃあ、僕と一緒に休憩室で休みましょう！　お客さんが来たら、最後の仕上げだけ確認のために呼んでもらいましょう」

黒川がそう言うと、熊野はしかめっ面をした。

「そう言って、さっきも俺と黒川さんで休んでたぜ……黒川さん、疲れてるならもうあんたも帰っていいんだよ」

「僕はですね、自分の仕事をしてるんですよ。熊野さんを適度に休ませるっていう……」

黒川は熊野の肩に手を回し、休憩室へ誘導しつつ、竜ヶ崎に手を振った。竜ヶ崎は頭を下げてそれを見送った。

弁当が完売したのはそれから一時間半ほど後のことだった。いつもより、かなり早い時間帯だった。

誰からともなく拍手が出た。

千春は安堵《あんど》と疲労のために力が抜けて、客用の椅子に座り込んだ。周りも似たようなものだったが、みんな顔を見合わせて笑っていた。

竜ヶ崎に弁当を渡して見送ると、千春と桂は掃除を始めた。熊野もやろうとしたが、それこそ自分たちでできるからと、休憩室で休んでもらうことにした。ちなみに黒川もまだ残っていて、熊野と休憩室でお茶でも飲んでいるはずだ。

片付けをするうちに、二十二時半を過ぎた。

ユウからの連絡はない。

千春はあまりそのことを考えないようにしていたが、床をモップがけしていた桂がぽつりと言った。

「ユウさん戻らないですね」

「うん……」

「連絡もないんですか？」

うん、と千春が頷くと、それを確認した桂は、うーんとかふーんとかいう感じの音を出して、首を捻《ひね》った。

「それなら大丈夫なのかな」

「そうかな……そう思う？」

「だって、四日目店に戻れないなら、連絡してくるでしょ。買い出しとか取り置き予約とかのこともあるし、当日に決まるよりは前日に決まっていた方がましでしょ」

桂は床に落ちにくい汚れを見つけ、ごしごしと力を入れてモップを動かした。

「……だから、そんな顔しないでくださいよ」

「え？」

厨房《ちゆうぼう》内でカウンターを拭《ふ》いていた千春は顔を上げて桂を見やった。そんな顔って、千春はどんな顔をしていたのだろうか。

桂は、ふてくされたような、怒ったような顔で、モップを動かしていた。

「俺、安心して榎木さんとこ行く予定なんですから」

そういえば、桂はくま弁の繁忙期に辞められない……という責任感から、一度は憧《あこが》れのパティスリーで働くことを諦《あきら》めたのだ。

千春が働きたがっている、というのは桂も熊野づてに聞いたのだろう。それを聞いた彼が少なからず安堵したのは想像に難くない。

「うーん……うん、そうだよね」

千春はもう一つうんと頷いた。

「大丈夫、私はここにいるよ。私がくま弁にいるから、ちゃんとユウさんは戻ってくるよ」

桂はなおもしばらくごしごしとモップを動かしてから、ちらっと千春を見やった。

「……それ、惚気《のろけ》てるんですよね……？」

「ん？」

言われてみれば悋気に聞こえたのではないだろうか……。

千春は急に恥ずかしくなって、赤面し、濡《ぬ》れていない布巾《ふきん》を無駄に絞るような仕草をした。

「いやっ……悋気とは……違う、違うと思う。ただこう、ユウさんが戻るまで、私はいつまでだってくま弁を守っていくんだっていう気構えを主張したというか……」

「自分のところに戻ってくると思ってるんでしょ、これだから新婚は……」

「まだ結婚してないよ⁉」

だが、千春の発言が、自分がいるからこそユウがここに戻ってくるのだという悋気に聞こえるのは確かだったので、千春は考えれば考えるほど恥ずかしくなってしまい、逃げ出すためにやり残した仕事を言い訳にした。

「黒板、黒板片付けてくるね！」

千春はそう叫ぶように言うと、自動ドアから外に出た。

すっかり気温は下がって、空気を吸うと肺が冷たくなった。目が覚めるような冷気に、千春はぶるりと身震いしながらも、今日のおすすめが書かれた黒板を抱え上げた。

そして、ごく近くで立ち止まった人物に気付いた。

客かと思って千春は顔を上げた。今日はもうおしまいです、申し訳ありません、という言葉を考えていた。

だが、すぐ目の前にいたのは、ユウだった。ボストンバッグを肩にかけて、千春を見つめていた。ひどく疲れているように見えたし、どこかぼうっとしていた。

千春も最初は言葉を失っていた。

車が一台車道を通り過ぎて、ようやく千春は声をかけた。

「ユウさん、おかえりなさい」

自分で思っていたよりも、その声は震えていた。

ユウは瞬《まばた》きを何度か繰り返した。閉じて、開くたびに、少しずつ力が戻ってくるように見えた。彼はようやく千春と目を合わせた。

「ただいま戻りました」

安堵と、喜びと、愛《いと》おしさが、千春の胸いっぱいに広がった。

ユウが戻ったのを見て、桂も熊野も黒川もそれぞれの反応をした。桂は遅かったですねとだけ言って、あとは素知らぬ様子で片付けを再開したが、先ほどのふて腐れたような表情は消えて、棘《とげ》がなくなっていた。

「本当に遅かったですけど、何かあったんですか？」

千春が尋ねると、ユウが申し訳なさそうに応《こた》えた。

「はい、飛行機に遅れが出てしまって。予定時刻を二時間過ぎても出発しなくて……」

騒ぎを聞いて出てきた熊野は白い歯を見せて笑っておかえりと声をかけ、続いて姿を現した黒川はあっけらかんと言った。

「やあ、ユウ君。熊野さんのお弁当、久々だったけど懐かしくて美味《おい》しかったよ」

それを聞いて、熊野が眉《まゆ》を顰《ひそ》めた。

「懐かしいも何も、黒川さんうちでしょっちゅう俺の飯食ってるだろ……」

「いや、店で弁当として買うのは久々ですよ。ユウ君もたぶん定番弁当とかは熊野さんの頃のを引き継いでるし、味付けは熊野さんがユウ君に寄せてたと思うんで、違和感とかはないと思いますけど。なんて言うかな、同じ食材でもちょっと選ぶメニューが違うというか……あっ、このメニュー昔《かし》あったな〜とかあって面白かったです」

千春はふと疑問を抱いて小首を傾げた。

「……考えてみれば、主に作るのがユウさんになった頃って、味付けどうしてたんですか？　味が熊野さんの頃と違うとお客さんびっくりしちゃいますよね」

「ユウ君、最初は俺のやり方に寄せてたよな」

熊野が思い出しながらといった様子で語った。

「やりにくかったら好きにしろよって言ったら、しばらくしたら少しずつ変わってきた部分もあって……でも、定番弁当はほとんど変わらないな」

「そうですね、定番弁当は特にオーソドックスなものですから、僕もそんなに変えたいって感じではなくて……僕も熊野さんの味好きですし」

「別に定番だからって変えちゃいけねえってことねえんだから、そういう必要があれば俺に遠慮することとなんてねえんだぞ。もうユウ君が店長なんだから」

ユウは少しの間沈黙してから顔を上げ、熊野、黒川、桂、それに千春を見た。

「今回は、本当にありがとうございました」

そう言って、頭を下げる。しばらくそのまま頭を上げようとしないユウを見て、黒川は困ったように笑って言った。

「ここにいる人間だけじゃないよ。常連さん、何人も助けてくれたんだ」

「俺は、無理せず休みでもいいと思ったんですけどね。それじゃもったいないって、熊野さん言うもんですから」

桂が腕を組んでそう言い、ちらっと熊野を見た。視線を受けて、熊野は自分の頭を撫《な》で上げる。

「まあ、俺のわがままみたいなもんでみんなを巻き込んだんだから、ユウ君が責任感じることはねえんだよ」

「いや、それはね、違うと思うんですよ、熊野さん」

なぜか黒川がそう言って口を挟んだ。

「だって、みんな、巻き込まれに来てるんですから。熊野さんと、この店と、小鹿さんと、それにもちろん、ユウ君に、巻き込まれに来てるんですよ」

「そうなんですよね」

呆《あき》れ顔《がお》で言ったのは桂だ。

「……はい」

「みんなそれぞれ生活があるのに、わざわざ手伝おうってくるんですよ。中には、別に客として来るつもりじゃなかったのに、店が大変だって聞いて駆けつけてくれて。本当言ったら、俺だってもう帰って寝たいんですけどね。バイトの俺だってそうなのに、こんな夜遅くに無償奉仕しようって来るんですから、皆さん、なんて言うか……」

桂は、それまでの表情をふと緩めて笑った。

「お人好《ひとよ》しですよね」

バカにして笑ったのではない。嬉《うれ》しいのだろう。千春だって同じ気持ちだ。

黙ってしまったユウの肩に手を置いて、熊野が言った。

「お別れ、できたか？」

「……はい」

ユウは少し俯《うつむ》き、嚙《か》みしめるように言った。それを見て、熊野は黒川たちに声をかけた。

「よし、じゃあ今日はもうお開きだ。片付けはもういいか？　あと、黒川さん、今日俺のこと泊めてくれるか？」

「いいですよ！　あの家で一人ってまだ慣れなくて寂しいんですよね……」

黒川はあっさりそう受け入れたが、ユウが焦って声を上げた。

「いや……熊野さんだってお疲れでしょう。家でちゃんと寝てください」

「黒川さんち布団あるから大丈夫だよ」

「そうそう。それじゃ、僕たちはこれで」

黒川たちはそう言って、あっという間に店を出て行ってしまった。

千春はユウと二人残された。

千春にも、黒川たちが、ユウと千春に——というよりは、むしろ憔悴《しょうすい》した様子のユウに気を遣ったのだろうということはわかった。

「とりあえず、お茶でも淹《い》れましょうか」

千春はそう言って、休憩室併設のミニキッチンへ向かった。


二人きりになっても、ユウはどこかぼんやりして、かといって気が抜けてリラックスしているという風でもなく、ただ座布団の上に腰を下ろしてじっとしていた。

彼の前にお茶を置いて、向かいに座ると、千春は話しかけた。

「さっきの話ですけど、定番弁当って、あんまり変わってないんですね。注文に悩むと定番に回帰しちゃうんですけど、熊野さんってやっぱりすごいですね」

ユウがやっと顔を上げ、千春と目を合わせた。

「ええ。本当に……ずっとお世話になりっぱなしで」

だが、すぐにまた目を伏せてしまう。

「熊野さんは、僕の世話を焼いてくれただけじゃなく、店まで任せてくれました。弁当だって変えていいって……今回だって、僕の作っている弁当に寄せてたって……。僕にはどうやったらそれに応えられるのかわかりません」

「熊野さんは、確かにすごく、ユウさんのこと大事にして、尊重してくれますよね」

千春は少し考えて、熊野の言葉をユウに伝えることにした。

「熊野さん、言ってましたよ。えっと……こんなおんぼろの店が今もお客さんに求められているっていうのは、奇跡みたいなもんなんだ……だったかな」

「奇跡……」

千春は大きく頷《うなず》いた。

「そうです。そう言ってました。たぶん、熊野さんはユウさんに期待に応えて欲しいとか見返りを求めているわけじゃないんですよ。ただ、ユウさんにお店を託したかっただけなんです。ユウさんがいたから、店を続けられたんだって言ってました。それと、もちろんお客さんがいたから」

「僕は……」

ユウはそれ以上言えずしばらく黙り込み、また話し始めた。

「……お葬式の前に、ジュディの娘さんと話したんです。僕がよくジュディの家に通っていた頃、娘さんはジュディの家のすぐ近くに暮らしていて、時々僕のことでジュディと喧嘩《けんか》したそうです。ジュディが僕に親切なのは、僕と同じくらいの年で死んだ息子を重ねていたんだって、彼女は言ってました。不毛だからやめろって娘さんは言って、ジュディは嫌がった。結局、娘さんはその後すぐに引っ越して、あまり連絡も取らなくなったそうです。娘さんはそのことを後悔してました。本当は、自分が辛《つら》かっただけなんだって……。兄が死んだ年頃と同年代の子どもと交流するのを喜ぶ母を見るのが辛かったって。娘さんは僕にジュディのことでお礼を言ってくれましたが、僕のせいじゃないかって、その時思いました。僕がジュディの娘さんに後悔させたんだって……」

千春はまたしばらく黙り込んだ。ユウは珍しくひどく後ろ向きな心情を吐露していた。たぶん、彼は元々そういう思考のクセがあるのだが、あまり人には言わないだけだろう。

「……ユウさんは、熊野さんもユウさんのことで後悔するかもって考えているんですか？」

問われて、ユウは小さく頷いた。

「そうかもしれません……」

「あのですね、ユウさんは熊野さんと関わったこと、ジュディさんと関わったこと、後悔しますか？」

千春の言葉に、ユウは呆然《ぼうぜん》と目を見開いて、緩く首を振った。

「いいえ……」

「熊野さんも、ジュディさんも、同じじゃないでしょうか。そりゃ、娘さんは後悔もあったでしょうけど、それはユウさんと関わったことじゃなくて、そのことでジュディさんと疎遠になったことを後悔しているんですよ。ユウさんのせいじゃないから、ユウさんにお礼を言ったんです。その気持ちは受け止めた方がいいと思います」

それに、と千春はユウの返事を待たずに続けた。

「ユウさんは、巻き込んでるだけじゃない。巻き込まれてもいるじゃないですか。影響を与え合って、私たち生きてるんです。ジュディさんの娘さんが話したように、良い変化ばっかりじゃないかもしれませんが……ねえ、ジュディさんが、ユウさんにしてくれたことを、教えてください」

ユウはまだ衝撃を受けているようにぼんやりしている。千春は彼の手を取った。

「ユウさんとジュディさんの話を聞きたいです」

随分長いこと経ってから、ユウはやっと口を開いた。

「……母について渡米した当初、英語もあんまりわからないし、友達もいないし、母には何も言っていませんでしたが、正直途方に暮れていました。ジュディが助けてくれなかったら、どうしてたか……ジュディはいつでも家にあげてくれて、英語も料理も教えてくれました。娘にも教えてないんだよって、特製のレシピまで教えてくれて」

それからユウはジュディの話を続けた。出会いから、小さな思い出、教えてもらったレシピ、習った慣用句、作ってもらった料理。

「ジュディはとにかく料理が好きで、新しいレシピもどんどん取り入れて作るんです。本を読んだりして調べるのかって聞いたら、店に通い詰めて聞き出すんだって。メキシカンとか中華とかも作ってくれて、今度はあなたが日本の料理を教えなさいよって言うんです。しょうがないからごはんと味噌汁《みそしる》と肉じゃがと……って作ったら、悪くないけど、あなたのお母さんにちゃんとレシピ聞いてきなさいって。もしかしたらジュディなりに、僕が母と交流するきっかけを作ろうとしたのかもしれません」

ユウはぎゅっと眉《まゆ》を寄せ、口元には笑みを浮かべた。苦い、切なそうな笑いだった。

「僕はジュディのおかげで料理の楽しさを知りました。料理人を目指すって言った時も、専門学校を出て、就職が決まった時も、ジュディは本当にすごく喜んでくれました。それなのに、僕は何も返せなかったし、それどころか、料理を……見失った時期もありました」

千春はユウの心に触れて、納得した。確かにユウはそういう人だ。

自暴自棄になって北海道まで流れてきて、そこで熊野と出会ってやり直せたことは幸運だったが、自分が一度は恩人から与えられたものを手放したこと、それに背を向けたことを、彼はきっと生涯忘れないのだろう。

ユウはそれきり黙ってしまった。

だが、千春が何か声をかける前に、また彼は顔を上げて語り出した。

「僕はジュディと会えて良かったです。絶対にそれだけは本当です。僕は、ジュディに会えて、日常を一緒に過ごして、彼女に巻き込まれて……救われたんです」

その声の力強さにほっとして、千春は微笑んで言った。

「よかった。ジュディさんも、きっとユウさんのこと誇りに思ってますよ」

ユウの頬の動きから、彼が奥歯を嚙《か》んだのがわかった。爆発する寸前の感情を堪《こら》えているのか、眉間《みけん》に深い皺《しわ》が寄り、目は再び伏せられた。

「僕は……」

……ぽたぽたと透明な滴がちゃぶ台に落ちた。

ユウの声は震えていた。

「会いに行けばよかった……もっと早く。話したいことがたくさんあったのに、手紙だけじゃなくて……」

重ねていた千春の手を、今度はユウが握った。

求められている気がして、千春はそばに寄りそい、彼の身体を抱き寄せた。ユウが寄りかかってきて、押しつぶされそうになりながらも、千春はその身体をしっかりと支えて、抱きしめた。

あんなふうに泣くユウを見たのは初めてだった。

店の二階にあるユウの部屋で彼の布団の隣にもう一組布団を敷いてもらい、一緒に眠った。

だが、隣の布団に横たわるユウが寝たのかもわからなかった。千春の方はなんだかんだでいつの間にか意識が途切れて時間が飛んでいたから、寝ていたのだろうとは思う。明け方の四時頃に目が覚めてぼんやり時計を確認したのは覚えている。たぶん、朝刊が配られた時にバイクの音か新聞受けが開く音に反応したのだ。

その時、なんとなく寝返りを打った千春は、窓辺の人影に気付いた。ユウが、窓枠に腰かけるようにしてもたれかかり、窓の外を見ていた。カーテンを少し開けていたから、その姿が見えた。ユウは何か深く考えているようでもあり、あるいはただぼんやりしているだけにも見えた。

十月の夜明けはまだ遠い。

千春はしばらく布団の中で、彼の横顔を見つめていた。

次に千春が目覚めた時、ユウはもう部屋にいなかった。すでに畳んであったユウの布団の隣に自分の布団を畳んで置き、千春は部屋を出た。

布団を畳みながら、静かすぎて不安になった。ユウがいるのか、本当に昨夜《ゆうべ》帰って来たのか確かめたくて、急いで階段を下りた。他の場所も考えられず、休憩室の襖《ふすま》を開けた。そこでいつも、彼は朝食を用意してくれていたから。

果たしてユウはいなかった。ちゃぶ台は綺麗《きれい》に拭《ふ》いてある。昨夜の湯呑《の》みは昨夜のうちに洗ったか？　ミニキッチンにもいない。

だが、確かに食べ物の匂いがする。

ごはんの炊けた匂い、醤油《しょうゆ》の匂い、魚を焼いた匂い。千春は店の厨房《ちゅうぼう》を覗《のぞ》いた。

ユウが、そこに立っていた。

彼はしばらく千春に気付かず料理をしていた。きんぴらを炒《いた》めて、鮭の焼き具合を見て……そして千春に気付くと振り返って、少し気恥ずかしそうに笑った。

「千春さん。……おはよう」

「おはよう……ご……」

おはようございます、と言いかけて、ふと彼はそうは言わなかったことに気付いた。

呆然と千春はユウを見つめていた。

ユウは小首を傾《かし》げていたが、よろよろ近づいてきた千春がいきなり彼に抱きつくに至って、焦ったような声を上げた。

「あっ、ま、待ってください、火の近くなので危ないです……あ、いや、危ないからどけて……」

「はい……うん……」

しばらく千春はちゃんとアイロンがけされたユウのシャツに顔を埋《うず》め、それからはたと、自分がまだ顔も洗っていなければ服も着替えていないことに気付いて、俯《うつむ》いたまま素早く離れた。千春は今、ユウから借りたTシャツとスエットのズボンだ。当たり前だがズボンは大きすぎて、裾《すそ》を何度も折り返し、ウェストの紐《ひも》を精一杯引っ張って結んでいる。

「あっ……身支度整えてくるので……」

千春はそれだけ言うと、急いで厨房を出て、休憩室を抜け、階段を駆け上がった。

昨日着てきた私服に着替え、簡単に化粧をして休憩室に戻ると、ユウもちょうど厨房から出てきたところだった。

だが、いつもならお盆に玉子焼きを始めとする朝食のおかずを色々載せてくるユウが、今日はお盆は持たず、代わりに弁当箱を一つ抱えてきた。

「？　今朝はお弁当ですか？」

千春の問いかけに、ユウははにかんだ少年のように微笑み、小首を傾げた。

「どうぞ」

ユウが差し出してきた弁当を千春は受け取った。いつもの白い発泡スチロールの容器で、一番店で使っている長方形のものだ。触れるとできたての温《ぬく》もりが伝わってきて、自然と表情が緩んだ。

「じゃあ……あの、今いただいても……？」

こくりとユウが頷《うなず》いて、座布団を勧めてくれたので、千春は座布団に座ってからちゃぶ台に置いた弁当容器の蓋《ふた》を開けた。

「あ……」

思わず、声が漏れた。

それは、鮭弁当だった。

白いごはんの上に大きな焼き鮭、五目きんぴら、とら豆の煮豆といった組み合わせは、くま弁でもよく見る。ただ、鮭が――切り身ではなく、かまの部分だ。

「これ……あの、鮭かま……」

千春はユウを見上げた。ユウは千春の向かいに座った。ちょうど、昨夜と逆の位置関係だった。

「覚えてま……」

一旦《いったん》そう言いかけてから、ユウは咳払《せきばら》いをして、言い直した。

「覚えてるかな。僕が作ったのを……」

「はい……うん、覚えて……る」

お互い言いにくくて、ユウと千春は目を合わせて笑った。

「どうしたんですか、今日は。いや、いいんですけど、話し方が……違うので」

「だってずっと敬語って変かなと思って……」

「え？　うーん、まあ、そういう夫婦とかいてもそんな変では……」

「いや……というか、別に千春さんが僕に合わせる必要はないかと……」

「えっ、あ、まあ、そうですけどなんとなく……」

お互いに語尾に迷って、言葉が中途半端なところで途切れる。千春とユウはまた笑い合った。

結局、ユウが頭を掻《か》いて言った。

「じゃあ、その……仕切り直そう」

「はい……」

「これは、僕が、千春さんに作った最初のお弁当なんだけど、覚えて……」

「はい、もちろん覚えています！」

千春は懐かしさと嬉《うれ》しさで、勢い込んで話した。

「あの時、ユウさん病院のこと書いたメモも渡してくれたんですよね。お代もいらないって……最初、私びっくりしちゃって。なんだこの人、まずい状況なんじゃないかって、ちょっと怖くなったんですよ」

「……そう、そうだよね……僕も我ながら不審だったよなとは思ったんだけど……」

千春は思わず笑ったが、ユウがしょんぼりしているのを見て、急いでフォローを入れた。

「ほら、あのとき私確かにふらふらしてたと思うんで……ユウさんが心配してくれたから、元気になれたし、常連にもなったし、こうしてお付き合いもできて……ああいうの、すごい勇気が必要じゃないですか？　だって、それこそ私みたいに怪しまれたり、自分にマイナスになったりするんじゃないかって……不安になりませんでした？」

「それはなったよ。どうしようかなってザンギ揚げながらずっと考えてて、でも、やっぱりザンギは無理じゃないかなって。それなら僕が多少怪しまれてもいいからって……」

「……ありがとうございます」

千春はユウの優しさと使命感に感じ入って深々と頭を下げた。

顔を上げると、ユウは千春の目を見て、微笑んだ。

「こちらこそ、いつもありがとう、千春さん」

　朝のこの部屋はいつもあまり明るくなかったが、今日は千春が起きた時間が遅かったせいもあって、ミニキッチンの窓からの光が休憩室にも多少届いていた。その柔らかな薄明かりの中で千春はユウの顔をまじまじと見た。以前から整った顔だ、綺麗な目だなと思っていたが、たぶん出会った頃より少し落ち着いた雰囲気になっている。ユウも千春を見ていた。千春も、年月を経て、出会った頃とは少し違っているはずだ。どう違っているのか、自分ではあまり意識はしないが。

「これまで、僕を助けてくれて、励ましてくれて、ありがとう」

　ユウはそう言い、千春の手を取った。昨夜とはすべてが逆だった。昨夜は千春がユウの手を取った。

「これは、僕にとっても特別な弁当なんだ。お客様のために踏み込んだ、初めての弁当で……ここから、たぶん、始まった。千春さんとの出会いが、僕を変えたんだ」

「ユウさん……」

「ただ……やっぱり、こういう仕事だから、店がうまくいっているうちはいいけど、波はどうしてもあるし、そもそも、僕は店のことを抜きにしても、あまり……安定した人生を歩んできたとは言えないと思う。だから、千春さんを巻き込むことに、後ろめたい思いがあって、店で働きたいと千春さんが言ってくれた時、拒絶してしまったんだ。僕が果たして良き伴侶《はんりょ》になれるのか、良き家族になれるのかというと、そこには自信が持てなくて……」

千春はユウの手を握り返し、彼のその不安にあらがうように言った。

「大丈夫です。会社勤めだって、会社が倒産するかもしれませんし、リストラされるかもしれません。先のことはわからないんです。どうせ波のある人生なら、ユウさんと乗り越えたいです。だって、言うじゃないですか。病める時も、健やかなる時も……」

「愛することを誓います」

ユウが続きの文言を言った。千春の目を見つめ、指と指を絡めて。

そう言われた途端、千春の顔は真っ赤になって、手は突然汗を掻き始めた。

ユウの顔もそれが移ったかのように赤くなった。

「改めて千春さんに、僕と一緒にお店をやって欲しいと頼みたい。千春さん、僕と一緒に、僕の人生に巻き込まれて、僕を巻き込んで、生きて欲しい」

言葉の意味を理解した千春はぎょっとして、それから震える声で確認した。

「えっ……それ、ユウさんと私で一緒にくま弁をやっていくってことですよね……？」

「そう」

ほとんどユウの言葉をそのまま繰り返しただけだったので、彼は不思議そうに小首を傾げた。今僕が言ったじゃないかと言いたげだった。

「千春さんが僕を引っ張ったり、捕まえたりしてくれるから、僕は安心できるし、安定する気がするんだ。まだたぶん、僕はくま弁で働きながらもどこかふわふわしたところがあって……これは不安定な、一時的なものかもしれないと……北海道旅行の続きをしているだけなんじゃないかと感じることがあった。でも、千春さんと出会って、ようやく地に足をつけて生きていく自信が持てた。あなたとなら、僕は根を張って生きていける……僕はあなたとここで生きていきたい」

千春はユウの言葉に圧倒されて身じろぎもせず凝然と座っていた。

くま弁は弁当屋で、客一人一人に近しく関わることができる。それで背負い込む苦労もあるが、千春はくま弁で人と関わり、助けられ、こうありたいという生き方を見つけられた。

見つけられたのだ。

そして、今、ユウは千春の思いに応《こた》えてくれたのだ。

千春はユウの手を握り返した。ユウを、そして彼と生きるというあり方を手放すことはないという自分自身への意思表示だった。

「わたっ、私……っ」

千春はユウの言葉を返そうとした。だがまともな言葉が出てこない。嗚咽《おえつ》と言葉が喉《のど》の奥で引っかかって、どちらもうまく出てこられなくなっている。息をするのも怪しくなって、震えながら浅い呼吸を繰り返していると、ユウがそばにやってきて、背中を擦《さす》ってくれた。その温もりに押し出されるように、千春は溢《あふ》れ出した涙を拭《ぬぐ》って、ようやく言った。

「私、嬉しいです。精一杯、務めさせていただきます」

ユウは面食らったように瞬《まばた》きして、それから微笑んだ。

「うん」

「あっ、なんで笑っているんですか」

「いや、あの……すごく真面目な言い方だったから……」

千春は、大事なことですからね、これくらいでいいんです。あの、ところで……」

千春は、ちらっとちゃぶ台の上に置いた弁当を見やって言った。

「朝ごはんにしませんか？」

ユウは笑って頷《うなず》いた。


きんぴらはしっかり歯応《はごた》えが残っていて、噛《か》むたびに根菜の風味が広がる。甘辛い味付けもごはんが進む。とら豆は皮が口の中に残って気になることもなく、柔らかくふっくらと炊けている。すっきりした甘さで箸休《はしやす》めにちょうどいい。

そして白いごはんの上にどっしり腰を据えているのが鮭かまだ。じっくり炙《あぶ》られた皮はぱりぱりで、特に皮と身の間の脂が美味《おい》しい。前に食べた時と同じく、箸《はし》だけではうまく食べられず手も使って、骨の隙間の身も残さず食べる。

ごはんは今日ももちもちして甘みのあるゆめぴりかだ。これだけでもおかわりできそうだが、さらに鮭かまをおかずに食べると止まらなくなる。

「美味しい……」

千春が幸せいっぱいになってそう呟《つぶや》くと、一緒に弁当を食べていたユウは微笑んだ。

「よかった」

彼も幸せそうで、千春はいっそう嬉しくなる。

千春が十一月の札幌で凍えていたあの時、ユウの弁当は千春の身体と心が熱を生み出すためのエネルギーになってくれた。

ユウがジュディや熊野から受け取った思いやりを他の人に渡してきたように、千春もまた、彼からもらったものを、次の人に託していきたいと思う。

「今日は千春さんお仕事だよね？」

「そうです、あと十日くらいですね、出社するのは。今日はユウさんお店出ますよね？」

「もちろん。ところで、何時に出社？」

「えっ」

言われて千春は休憩室の壁にかけられた時計を見やった。鳩時計は、八時半を指している……。

「あっ」

今日は遅番だが、着替えに帰る必要があるから、あまりゆっくりもしていられない。

最後に残っていた——大事に取っていた——とら豆を急いで口に入れつつもしっかり味

わい、千春は立ち上がった。

「ごちそうさまです、ユウさん。私――」

「片付けておくよ」

「いっ、いえ、これくらい片付けます」

「僕が片付けておくから、その分ゆっくりしていったら？」

千春は思わず素直に従って、その場に座り直しそうになったが、なんとか時刻を思い出した。

「いや……片付けがなくても、ちょっと急がないといけなくて」

「そっか、じゃあ気を付けて……」

それから、こほん、と一つ咳払《せきばら》いをすると、ユウは照れ臭そうに言った。

「いってらっしゃい、千春さん」

「いってきます、ユウさん。お店、今日は遅めになりますけど戻りますから」

「うん」

千春はばたばたと店を出て、ふと立ち止まってくま弁を振り返った。

ユウが、店の前に立ち、千春を見ていた。目が合うと彼は手を振った。千春も振り返した。

出会った頃のユウは、道外から来た千春に言った。

『新しいことたくさんできますよ』

『きっと、そのために新しい土地に来たんですよ』

千春はユウと新しい日々を生きていく。それは昨日までの毎日と地続きで、でも確かに、違うものだ。

くま弁の赤い庇《ひさし》テントには、愛嬌《あいきょう》のある熊の絵が描かれている。

夜になれば、庇はライトアップされて、空腹の客が訪れる。

千春の心が帰るのは、もうずっと前からここだったのだ、とその時気付いた。

そして、堪《こら》えきれなくなった。

千春は一度歩いた道をもう一度走って戻った。戻りながら、着替えがなんだ！　と社会人らしからぬことを考えた。もう同じ服でいいや、どうせ今日は内勤だけだ、と。

そして千春は店の前にいたユウに抱きついた。

ほとんど突進のようになってしまったから、ユウをよろめかせてしまうかと思ったが、彼はむしろ両腕を広げて千春を迎え、その腰にがっちりと腕を回し、抱きしめた。最初は足が地面に着かず千春は思わず悲鳴を上げ、お互いにおかしくなって、抱きしめ合いながら声を上げて笑った。

朝から降り続いた雨は、夜には雪になった。初雪だったから、雪といっても水っぽく、すぐに溶けて、スニーカーを履いた足はもうぐっしょり濡《ぬ》れている。

空腹と寒さで思考力が落ちて、とにかくひたすら家に帰るんだと念じていた。

路地に入った時、黒い空、白い雪の中でひときわ目立つ、赤色が目に飛び込んできた。店の赤い庇テントが、ライトで照らされていたのだ。

雪が降りしきる中、それはまるで避難所のようにも見えて、引き寄せられるように店に入った。

店の前に立てられた幟《のぼり》によると、ワンコインで弁当が食べられるらしい。もうこの際、ワンコインなら注文して一時避難所にしようと思った。それで一時でもこの濡れた雪から逃れられるのならそれでいい。

「いらっしゃいませ！」

元気の良い声で出迎えてくれたのは、まだ二十代に見える女性だった。小柄で、威圧感がなく、感じがよかった。

「こちらメニューです。すみません、もう売り切れのお弁当もありまして……シールのないお弁当からお選びください」

「あ、はい」

確かにメニューの弁当にはいくつか売り切れのシールが貼られている。残る中から探さなくてはならないのは残念だが仕方ない……。

だが、そこまで考えて、自分が随分真剣に弁当を選んでいることに気付いて、笑ってしまった。元々、避難所代わりにさせてもらうお代のつもりだったのだから、別にどの弁当だっていいはずなのに。

思わず引きつけられたのは、きっとメニューに貼ってある写真のせいだろう。美味しそうな写真だし、ちゃんと何が入っているかもわかる。メニューにも解説がある。ショウガたっぷり、と解説のある豚汁はとても熱そうで、興味を引かれた……が、売り切れシールが貼られている。

「タオルよかったらどうぞ」

先ほどの女性店員がタオルを差し出してくれた。びっくりしながらも受け取って、自分の髪が雪で濡れていたことに気付いた。

「ありがとうございます」

「温かいものがよければ、何かお作りできると思いますよ」

「えっ？」

「あの、メニューの豚汁のところ見ていらっしゃったので……もう豚肉がないので豚汁にはならないんですが」

そんなにじろじろ見ていただろうか。気恥ずかしくなって、いえ、と思わず否定してしまう。

だが、女性店員はそんなことは気にせず、背後の男性に声をかけた。

「ユウさん、作れますよね」

「大丈夫ですよ」

こちらは背が高い。俳優みたいに整った顔に穏やかな表情を浮かべている。

「え……でも、いきなりそんな、メニューにないやつ……ってことですよね」

「はい」

女性店員は、微笑んでいた。愛嬌だけではない、人を幸せな気持ちにするような、慈しみ溢《あふ》れる笑顔だった。

「お客様のためだけに、お作りいたしますよ」

……そう言われて、ほんの少しの逡巡《しゅんじゅん》ののち、初来店の客は、じゃあ、お願いします、と店員に言った。

「かしこまりました！」

女性店員は、心が解《ほぐ》れるような、優しい笑みでそう言った。

豊水すすきの駅徒歩五分。弁当屋のくま弁は、繁華街と住宅街の狭間《はざま》にあって、夜毎地元の常連客で賑《にぎ》わっている。

若い夫婦が、二人で切り盛りしている店だ。

本書は書き下ろしです。

この作品はフィクションです。実在の人物、団体等とは一切関係ありません。

弁《べん》当《とう》屋《や》さんのおもてなし

夢《ゆめ》に続《つづ》くコロッケサンド

喜《き》多《た》みどり

令和元年 11月25日　初版発行
令和５年 12月15日　８版発行

発行者●山下直久

発行●株式会社KADOKAWA
〒102-8177　東京都千代田区富士見2-13-3
電話　0570-002-301（ナビダイヤル）

角川文庫 21910

印刷所●株式会社KADOKAWA
製本所●株式会社KADOKAWA

表紙画●和田三造

ISBN 978-4-04-108155-6　C0193

◆◇◇

角川文庫発刊に際して

角川源義

第二次世界大戦の敗北は、軍事力の敗北であった以上に、私たちの若い文化力の敗退であった。私たちの文化が戦争に対して如何に無力であり、単なるあだ花に過ぎなかったかを、私たちは身を以て体験し痛感した。西洋近代文化の摂取にとって、明治以後八十年の歳月は決して短かすぎたとは言えない。にもかかわらず、近代文化の伝統を確立し、自由な批判と柔軟な良識に富む文化層として自らを形成することに私たちは失敗して来た。そしてこれは、各層への文化の普及滲透を任務とする出版人の責任でもあった。

一九四五年以来、私たちは再び振出しに戻り、第一歩から踏み出すことを余儀なくされた。これは大きな不幸ではあるが、反面、これまでの混沌・未熟・歪曲の中にあった我が国の文化に秩序と確たる基礎を齎らすためには絶好の機会でもある。角川書店は、このような祖国の文化的危機にあたり、微力をも顧みず再建の礎石たるべき抱負と決意とをもって出発したが、ここに創立以来の念願を果すべく角川文庫を発刊する。これまで刊行されたあらゆる全集叢書文庫類の長所と短所とを検討し、古今東西の不朽の典籍を、良心的編集のもとに、廉価に、そして書架にふさわしい美本として、多くのひとびとに提供しようとする。しかし私たちは徒らに百科全書的な知識のジレッタントを作ることを目的とせず、あくまで祖国の文化に秩序と再建への道を示し、この文庫を角川書店の栄ある事業として、今後永久に継続発展せしめ、学芸と教養との殿堂として大成せんことを期したい。多くの読書子の愛情ある忠言と支持とによって、この希望と抱負とを完遂せしめられんことを願う。

一九四九年五月三日

ISBN 978-4-04-103491-0

ISBN 978-4-04-107321-6

ISBN 978-4-04-107391-9

ISBN 978-4-04-103568-9